Peter Hille

Kleine Prosa

Peter Hille: Kleine Prosa

Neuausgabe mit einer Biographie des Autors
Herausgegeben von Karl-Maria Guth
Berlin 2017

Umschlaggestaltung von Thomas Schultz-Overhage unter Verwendung
des Bildes: Peter Hille, Fotografie, ca. 1903

Gesetzt aus der Minion Pro, 11 pt

Verlag: Henricus - Edition Deutsche Klassik GmbH
Mörchinger Str. 33, 14169 Berlin, info@henricus-verlag.de
Druck: Libri Plureos GmbH, Friedensallee 273, 22763 Hamburg

ISBN 978-3-86199-877-8

Bibliografische Information der Deutschen Nationalbibliothek

Die Deutsche Nationalbibliothek verzeichnet diese Publikation in der
Deutschen Nationalbibliografie; detaillierte bibliografische Daten sind
im Internet über www.dnb.de abrufbar.

Inhalt

Kinderliebe

So ein Kirchhof mit seinen Anpflanzungen und spielartig aus der Fläche herausgeschaufelten Gräbern hat für die Kinder etwas Anheimelndes.

Nun ist gar noch ein Brunnen da, aus dem der Gärtner des Todes an einer Welle das Wasser aufwindet, mit dem er Blumen und Sträucher erfrischt.

Da sitzen die Kinder gern und schneiden mit großem Ernst sich im Wasser längsame Fratzen.

Paul und Mariechen!

Oft hocken sie hier schon bei blassem, eben vom Schüttelfrost des Winters genesenem Sonnenschein.

Klein Mariechens Vater ist Arzt und hält den Drang des Kindes ins Freie für ein Naturgesetz, das ihm nicht verkümmert werden darf, für einen Instinktschrei, der gehört werden muß von einsichtiger Aufsicht.

Und so wuchsen sie nebeneinander auf, von Tag zu Tag, bei ungebärdiger Witterung im lau wie ein Bad geheizten Kinderzimmer, sonst hier draußen, immer aber unter den hütenden, Maschen und Schützlinge unter einen Blick nehmenden Augen einer stillstrickenden, gütesinnenden Tante.

Regte sich auch bisweilen leise Ungeduld bei ihnen, oder gelüstete es ihre kleine schelmische Schlauheit nach einem leider alsbald ertappten Triumphe: im Grunde fühlten sich beide unter dieser Obhut recht sicher und angenehm: es war das so eine Art göttlicher Vorsehung ins Irdische übersetzt, eine Schutzengelschaft mit einer Haube auf.

Und bisweilen nahm dieser Schutzengel so ein rosiges, frischgetüpfeltes, weißkerniges Wädlein und zog einen warmen, strähnig gefurchten Beinling darüber mit kühlem klapperndem Stricknadelgerüst.

Das machte dem kleinen Fuß Vergnügen, die große Zehe krümmte sich nach oben und unten vor Behagen.

Dieser muntere Fuß und dieses frische Bein gehörte vorzugsweise Mariechen. Jedoch auch Paulchen bekam seine Strümpfe; Tantchen war ja so gut und Pauls Mama tot, und die gekauften hielten so schlecht und waren auch gar nicht so warm.

Mariechen aber, als Kind des Hauses, hatte begreiflicherweise den Vorzug. Pauls Beinchen waren aber mehr gelblich bleich und seine Zehen so ernst, so ruhig und gelassen wie der Kleine selbst mit seinem kurz geschorenen großen, priesterlich ernsten Kopfe und den großen, schweren, fast schwarzen, braunen Augen.

Sie sprachen wenig, wenn sie zusammen waren.

Nur der Kleinen, die oft aufsprang und emsig hin und her eilte, während er bedacht handelte und wandelte und seinen Sand ausgoß, langsam und planhaft, als sei es ein kostbarer Samen – nur ihr ging das Mündchen.

Aber sie sprach gewöhnlich halblaut, mehr zu sich selbst.

Und doch genossen sie alles, genossen ihren wachsenden und abnehmenden Schatten, dem sie den Kopf zu zertreten sich bestrebten, als handle es sich um jene alte Schlange; genossen den großen, braunen Hund, der wohl bei ihnen vorsprach, sich zausen, streicheln, schmeicheln, ja sogar reiten ließ.

Das heißt: er duldete die Versuche; hinauf auf ihn kam keines.

Und wer hinaufkam, konnte sich nicht behaupten. Und dabei stand das gutmütige Tier ganz ruhig und lüftete seine rote Zunge.

Beide waren fünf Jahre.

Das ist das schöne Alter: die Sinne haben bereits ihre volle, eifrige Regsamkeit, aber noch immer behauptet die Kindheit ihr eigenes Reich, worin der Himmel noch so ganz voller Onkel hängt; jenes Reich, das gewöhnlich mit dem Beginn der Schule, der langsam wachsenden Pflicht und Arbeit abbricht. Aber auch ohne Schule würde diese erste Kindheit gegen das sechste Jahr aufhören, denn immer lebhafter öffnen sich die Sinne, immer mehr Welt braust hinein, und das kleine Wesen, das so gern »groß« sein möchte, drängt es selbst, diesem einzigen Zauber, diesem Dornröschentum des Lebens ein unersetzliches Ende zu bereiten.

Wie die Blume das Lächeln der Pflanze, so ist die Kindheit das Lächeln des Menschenlebens.

Aber schon die Blüte streckt und dehnt sich nach allen Richtungen und möchte lieber ganz dem Kelch entfliehen. Nur die Knospe wohnt noch traut beisammen.

Die Lebenszeit des Paradieses auf Erden ist kurz, jene glücklichen Zeiten, da alles Geschöpf: Sonne und Wauwau, Mond und Bonbon noch so köstlich eins ist und zusammen hockt in der Geschwisterschaft des All, voll drolliger Anmut, träumerisch traut.

Nichts taten sie lieber, die beiden, als nach Beendigung ihres Tagewerks, ihrer erst so gelassen und eifrig geformten Staubbauten, die vollendet dem Verfall überlassen wurden, nichts taten sie lieber, als sich an den Brunnen zu setzen. Dann legten sie wie ein paar zufriedene Götzenbilder die molligen Hände auf die Knie und führten mit ihren schwimmenden Ebenbildern da in der Tiefe feierlich stumme Mienengespräche.

Ließ Paul mit seinem großen, ernst ausgewölbten Priesterkopf einmal auf sich warten, dann ward Mariechen unruhig und sogar eigensinnig und vergaß in der Ungebärdigkeit der ihr sonst eigenen Niedlichkeit.

Der Priesterkopf seinerseits aber blieb zuerst ganz ruhig bei einem Wegbleiben der Gespielin, nur seine Augen nahmen etwas Leeres und Fragendes an.

Nach und nach aber wurde sein Gesicht geradezu verzweifelt. Endlich fiel er auf die Erde und dick stürzten die Tränen.

Erst wußte man gar nicht, was ihm fehlte, bis er auszurufen begann: »Mariechen! Wo ist Mariechen? Ich will zu Mariechen!« Damit hörte er dann gar nicht mehr auf.

Jeden Abend aber betete er:

»Ich bin noch klein,
Mein Herz ist rein,
Soll niemand drin wohnen
Als Jesus allein –
Und Mariechen«

setzte er so recht innerlich seufzend hinzu.

Paul hatte Scharlach gehabt.

Seit einigen Tagen durfte er wieder aufsitzen, aber noch nicht heraus.

Nun wars schon so lange her, seit er Mariechen nicht mehr gesehen, und immer mehr wuchs diese Sehnsucht und jeden Tag diese stundenlange hingeworfene Trauer und jeden Tag trostloser, länger und verzweifelter.

Man hätte ja nun gern seine Leidenschaft erfüllt, nun, da die Gefahr der Ansteckung für die Kleine vorüber – wäre diese nur nicht schon fortgewesen!

»Aber Paul, Mariechen ist ja gar nicht da, sie ist ganz weit weg von hier, ihr Papa und ihre Mama sind gestern weggegangen.«

»Mariechen, ich will Mariechen!«

Ja, so war es: dem Arzt hatte sich plötzlich Gelegenheit geboten zum Erwerb einer Heilanstalt. Man packte schleunig ein, und Mariechen hatte mit ihrer kleinweiblichen Lebhaftigkeit vor dieser Veränderung ganz des Abschiedes vergessen und an den eben erst vom Scharlach genesenen Spielgenossen nicht mehr gedacht, da ihr ein paarmal gesagt war, sie dürfe jetzt nicht hin.

Allmählich ward Paul stiller, aber dafür auch noch stummer und brütender als zuvor.

Er mußte ja mit seinem Schmerz allein fertig werden, dem unfaßbaren, für den keine Linderung wuchs.

Für solchen Schmerz hat der Erwachsene ja gar kein Verständnis. »Albernheit, Faxen!« Und dabei hat man gar keine Ahnung, wie tief, märchenhaft und alles ergreifend so ein Kindergefühl geht.

Rachel weint und will sich nicht trösten lassen, denn ihre Kinder sind nicht mehr.

So bohrt auch der Kinderschmerz weiter und weiter, wenn in so einem Herzchen schon die Leidenschaft zuckt, wenn so ein unselig-unverstandenes kleines Wesen in sich einen Roman lebt zu einer Zeit, wo noch niemand das vermutet. Und nun saß der Knabe allein am Brunnen.

Neue Gespielen wollte er nicht, er schüttelte mit dem Kopfe, und brachte man sie, verhielt er sich ablehnend, so daß die Verschmähten, Gelangweilten aus seiner Gesellschaft weinend fortbegehrten.

So einen stillen Verzicht, so einen selbstverständlichen Entsagungswillen äußerte Paul, daß man nichts mehr mit ihm anzufangen wußte und ihn gewähren lassen mußte. Man sprach ihm von der Schule und versprach sich davon Wandel. Sein Gleichmut blieb, der Verzweiflung brütender Gleichmut.

Da, wie er wieder einmal trauervoll Fratzen schnitt in dem nun vereinsamten Spiegel des Trauerteiches, kam seiner regellosen verschlossenen Sehnsucht ein Gedanke, den ihm der bereits aufblitzende Schulgeist eingab, der erwägsam prüfende. Nämlich: da war doch früher noch ein anderes Mariechen?!

Eins ist nur gegangen, das andere muß noch dasein. Und da will ich hin!

Seine Sehnsucht wallt auf, sein Herzchen pocht so freudig, so schnell wie ein Weihnachtsherzchen unter kinderduftigem Christbaum, sein Seelchen steigt und steigt – und er lehnt – die Tante Schutzengel war ja auch fort! – sich über den niederen Holzrand des Brunnens.

Erschrocken fuhr das Bild darin auseinander. Erst langsam beruhigten sich die Züge des Wassers.

Einige Berge weiter aber guckte gerade jetzt Mariechen in den Spiegel und lachte sich an: sie hat einen neuen Hut bekommen, und das Band darauf war so wunderschön blau …

Im Dorfe aber hieß es: »Winkelhagen Paul ist ins Wasser gefallen.«

Gewitter auf dem Meere

Es ist so ein eigener Schein, so ein grün feiner innerer Ton wie eine Wiese, von der niemand weiß, wo sie herkommt und mit ihrem Wachstum leuchtet dann mitten auf den Wellen, wo sie sich wie ein Hügel erheben.

Höher und höher sich dehnen.

Und da am Strand zu meinen Füßen wie Ackerkrumen ist das, wie Ackerkrumen mit ihren schwarzen, fruchtschwellenden Kämmen, die sich vornüber zur Seite legen.

Wie üppige Wünsche, ungeheuer und lüstern wölbt sich das blaue Gewölk zu wilden Hallen dröhnend zuckender Leidenschaften. Bleiches Grauen in dünnen Streifen zieht darüber, ein ohnmächtiges Gewissen, das Furcht hat.

Wassermann

Ich mag schon an tausend Jahre hier unten sein, nach Menschenkinder Maß seit jenem glücklichen Sturme damals. Das nenne ich noch Leben? Lust und Schönheit ist so kühl und frisch. Wie eigen scheint das Korallenzweiggeäder der gleitenden Leiber, flutet das bunte Haar, wie Orangeneis munden die duftenden Küsse. Sterben? Altern? Hat jemand schon eine greise Welle gesehen? Geist, Unterhaltung?

Hört euch nur mal den Schwertfisch an! Wenn euch da nicht das Herz im Leibe lacht vor seiner göttlichen Bosheit, doch ich vergaß: Das Echte erschreckt euch, ihr künstlichen Söhne der Natur! Eure Entwicklung ist Verwicklung.

Und der Haifisch?

Seegeruch sucht ihr? Da bedient euch der Hering, daß euch die Augen übergehen und ihr niesen müßt trotz Björnson und Lie.

Abendrot

Wie resch ist es, so raschelnd durch die seidene Brandung domschlanker Buchenwaldung zu schreiten! Jungen Burschen gleich, ihre Hüte schwingend, steigen die jungen Buchen mit hinan. Zart und voll, wölbt der rötlichbraune Hang sich hin.

Wie sich die Lunge in vollen Zügen erquickt an der köstlichen Luft! So, nun wie ein Fuß des Eroberers auf Feindesnacken, zieht mein rechtes Knie den letzten Schritt hinauf.

Da liegt vor mir Pyrmont, der freundlich-zierliche Badeort. Links das lange, einer kahlen Höhe zustrebende Holzhausen mit seinen warmroten Dächern. Rechts Desdorf mit seiner fast tausendjährigen, schwerverwitterten Kirche, das wie ein spielender Knabe den vorzüglich gewachsenen, an den angelegten Nacken einer Römerin erinnernde, krausgrünen Waldkegeln zuläuft, die hier wie gewandte Gesellschaftsroben gruppenschön zusammenstehn.

Im Hintergrunde lippisch-hannöversche Waldnacken. Die Kuppeln einzeln, bedeutsam selbstruhig. Die hannoverschen flutend, vielverschlungen: Waldmeervorläufer. Die Sonne sank … Am Himmel lodert düstere Andacht. Immer heftiger, ungestümer blutet die Glut.

Feindselig drohen befehdende Röte, leidenschaftliche Verklärung, Fleischeslust der Himmel. Hingeträumte Göttergestalten liegen die Berge da. Die nächste aber hat vor sich in der Tiefe einen kleinen Spiegel: der ist rot von der Freude an all der himmlischen Schönheit.

Herbstseele

So eine herbstfrische Waldluft. Und so ein Mutwill stöbert unter dem bunten Laub wie Knabenstiefel sich freuen, die purpurne Brandung und heiter zu empören.

So ein jubelnder Mutwill unter all diesen fallenden Kronen, diesen wildwachsenden Blutstropfen sterbenden Jahres!

Und jeder Blutstropfen schön gestaltetes Schweben. Und so frank und frei in all den niedlich Wichtigen da. Was war und verging, ein goldener Schatz in wölbendem Blau und frank und frei und gütig nah ist es, freundlich und hat nicht teil, und himmelsstolz oder höheneigen schaut es weich hinaus und immer tiefer blau.

Aus »Seelentage«

Wie ein Testament das Laub: Gold und voll Liebe, Seele im Vermächt-
nis. Und dieser klare Tag in seiner tiefen Reinheit allsagendem Scheiden,
grüßend ruht sein heiterer Blick auf allem, allem.

Ein welker, wehmütiger Freier, wie er die Tragödie tief macht und
versöhnend, mit knorrig weit ausgedehnten Stammtrieben im Schloß-
garten des Belvedere. In müdem Rot wie Georginen stehen in den
scheidend leisen Vorgärten Kinder.

Ihr Haar eins mit welken Sonnenblumenblättern. Auch die Spiele
haben nun etwas Welkes, wie die wehmütige Reife der Lese.

Höhenstrolch

Ein großer Lump schreitet durch die Himmel. Seine gewaltigen Knie verlieren sich im strahlenden Glanz. Aus allen Taschen muß es fallen, aus allen zerrissen hängenden Taschen.

Und der lallende Schritt in schreienden Schuhen, stark und fröhlich singt er weiter.

Und alle Gassenjungen der weiten Welt – in grinsend kichernder Freude –, lautlos schlau, sammeln die goldene Ernte hinter diesem verwahrlosten Schreiten. Was für ein Lump: der Weltbeglücker.

Vom kleinen Dante

Er hieß Dante und das Hemdchen hing ihm aus der Hose. Das war in Mailand.

Im backsteinbangen kränklichen, gleichsam gebratenen Kämmerchen mit einem Kamin wie ein Grab.

Da sitze ich und wundere mich, dazusein. Neu, unbeholfen, an mich kommen lassend. Neu verpflanzt, eine schwerfällige deutsche Pflanze, muß ich von dem Boden erst in mich hereinziehen lassen, der mich nun vom weißen Alpenzaune her wie ein Garten weit umgibt.

Wie es tönend trappelt auf eisern gespanntem Altan. Wie es nun näher kommt, erinnert es an ein Schlachtstück, wie es wohl ein Biergarten zum besten gibt, der unaufhörlich schmetternd unsere Schlucke hetzt wie ein Pumpwerk. Nun schauen sie hinein durch das offene niedrige Fenster, wie die Erinnyen dem endlich im Asyl geborgenen Orestes anhangen mochten in ohnmächtiger Wut.

Der Orest aber kauert zu meinen Füßen. Er lehnt sein Köpfchen an meine Knie – mein Dante Alighieri, und will nichts sehen und nichts hören von den kleinen Hexen da draußen.

Denn wie oft haben sie ihn verfolgt, wenn er in düsterer Gemessenheit sich auf dem Altane des Binnenhofes erging – alle die wilden Insassen, alle die kleinen Teufel des süßlich rauchigen ersten Stockes mit seinen bräunlich wirbelnden Sonnendämpfen.

Wie Kohlen glühten da alle Augen in feuriger Bosheit, und all die kleinen, pfiffig unschuldigen schwarzen Zöpfe und Lockenschlangen ringelten sich nur so um die bronzenen Köpfe.

Und wer schürte die Glut?

Der kleine, todernste, finsterstrenge Dante mit der gallengroßen Florentinerseele, der weder Spiel noch Spielzeug kannte, in seinem angeborenen Richtersein, sondern nur einsam sinnenden Wandel!

Da waren sie hinter ihm.

Und wie bald war er erreicht.

Schon zog die Keckste der Mädchen den Zipfel noch mehr aus dem grauen Höschen hervor, so daß der Kleine in seiner bedrängt geärgerten Mannheit knurrte und dabei aussah wie ein kleiner fremdartiger Vogel und noch mehr reizte den Mutwillen, das Lachen.

Nur hier bei mir hatte der Verfolgte Ruhe.

Ich war sein Beschützer. Und mich respektierten sie alle, diese kleinen Unholdinnen, und eine schmeichelte und bat immer noch verführerischer als die andere:

Dolche, Bonboni, Signore! Prego! Ancheoio! Ho fame Signore!

So verflocht es sich wie eine wild erblühende, mit Unkraut durchwachsene Hecke, und ich versuchte zu antworten und etwas dieser fremden Sprache an mich zu ziehen. Aber bald verwirrte sich mein junges Italienisch und ließ alles über sich hinbrausen.

So zahlte ich für meinen kleinen Schützling mit dem großen Namen das Lösegeld. Und dankbar sah er auf zu mir, wenn sich die wilde Jagd verzogen hatte und sein Blick sich wieder aufwagte aus kohlschwarzen, großhungrigen Augen in dürftigem, wie uraltes Pergament, wie ein nicht gehaltener Vertrag vergilbten Vogelgesichtchen.

So ruhelos blicken Vögel in fast glänzender Angst, wenn sie kurz und trocken hüpfen und Einsamkeit piepen.

Und dann nestelte er sich ein zwischen meinen Beinen hinter den Falten meines Schlafrocks, und bald senkten mich seine Atemzüge in Sinnen. Und wie ich nun hier war in der fremden Welt, wo süßliche mattblättrige Maulbeerbäume die staubig brütende, von den huschenden Sonnengeburten der kleinen grauen Lacerten überhüpfte Ebene tüpfelten – und wie zurechtgeschnittene Posen die schrägen hohen italienischen Pappeln. Und ein animaler Seufzer, und wie sich ein dummes vertrauend hingegebenes Hundel wieder zurechtnestelte, rief es mich frisch zurück zum Ausgangspunkte meines weltverlorenen Staunens.

Und ich sah auf zum Himmel, in dessen Wangen Blut war, auf zu den flinken Schwalben, die da oben, wenn sie hoch genug waren, aufleuchteten im scheidend klaren Abendschein.

Der Lärm der Kleinen hatte sich hier und da hineinverzogen zu den abberufenden Stimmen, gehorsam wie das Leben Folge leistet dem winkenden Tode.

Und leise rieselt Dunkel hernieder, um so voller aber stieg drunten vom Brunnen herauf die ewig sehnende klingende Melodie fließenden Lebens.

Nun nahten Schritte.

Buona sera, Signore!

Buona sera, Roberto!

Und Robert, der Lehrling, war in einem Uhrmachergeschäft, erzählte mir vom kleinen Dante, wie er schon sieben Jahre alt sei, aber nicht zur Schule gehen könnte, da er schwach sei und die englische Krankheit habe.

Dann langte ich sanft das schlafende Bündel Leben herauf und reichte es über den niederen Sims Robert zu, wie der Tod dem Aufseher der Geisterwelt ein Leben zu weiterer Behandlung überreicht, und Robert trug es schlafend rechts um die Ecke zu der zweiten Tür.

Buona sera, Signore!

Buona sera, Roberto!

Und ich glaube, der kleine Dante, der nie gewußt, was Kindheit war und Spiel, nun wird er es bei den Engeln lernen, wenn er es nicht vorzieht, seiner Gewohnheit treu, zu den Knien zu schlummern seines ewigen Vaters.

Und keine kleinen Hexchen werden ihn mehr stören, noch die groben Püffe ihn treffen, die das rauhe Leben dem Schwachen zu versetzen pflegt, bis der große Stoß allen ein Ende macht.

Buona notte, Dante!

Ein Traum

Heute nacht war ich mit meinen achtundvierzig Jahren noch immer auf dem Pennal, fühlte mich dabei als wohlgefestigter Dichter und dabei Gymnasiast.

Dann fühlte ich, wie im Traum einer mich mit aller Gewalt davon abbringen wollte.

Ich aber sagte: nein, denn jeder Begabte muß das Wesentliche schnell erreichen können; das ist das Gymnasium sich selbst und jedem Strebsamen doch schuldig. Da ich auf der Klasse dazu in aller Ewigkeit nicht kommen würde, so wollte ich das Maturum machen.

Erst Dichter, dann Abiturient!

Hatte der Traum so ganz unrecht?

War er nicht vernünftiger als ein Dutzend Kultusminister des preußischen Staates?

Religion: »Ich heiße Peter. Das heißt Fels. Und so ein Felsen, ein fester, fühlender, das Wirkliche, Gott fühlender Fels will ich sein; zusammengehn, daß nicht ein Bläschen in mir bleibt.«

Gott will ich haben, wie ich ihn nur haben kann und mit ihm die jubelnden Wunder seiner Welt. Es gab eine Zeit. Da lagen um mich trübe Wege. Alle führten in Verlassenheit. Ins Elend. Bis ans Ende dieser Tage. Und weiter. Dann ins Dunkel.

Ins grinsende Dunkel.

Die Religion ist der Anker des Lebens.

Es war die Stunde dafür.

Die erste.

Von 8 bis 9.

Die Kirche dunkelte noch.

Über den Hof.

Ich werde aufgerufen. Ich soll die Beweise für das Dasein Gottes angeben. Das konnte ich.

Das heißt, was man so nennt. Den ontologischen, den physiko-theologischen.

»Halbeisen« weilt lange bei mir. Die erloschenen Kohlen, die drohenden mißtrauisch bohrenden Inquisitoraugen lasteten auf mir. Entzündeten sich nicht. Mit notgedrungener Gerechtigkeit stellte sich eine langsame 3 in sein schwarzes Notizbuch. Es hätte auch eine 2 sein können. Bei Dannemann 1 mit dem bedächtigen Entenschnabel und der niedrigen wie dicke Milch gerunzelten Musterschülerstirn sicher eine 1. Denn ich stand mich nicht gut mit ihm. Er verabscheute mich aus vollem theologischen Herzen als Freidenker und der Lateinlehrer in ihm noch besonders als Freund deutscher und anderer Dichter.

»Denken Sie sich, Ihr Sohn liest Horaz als Dichter.«

Du lieber Gott, als Freidenker! Da muß man Beweise dahersagen, die man innerlich widerlegt. Da wird man jeden Morgen zur Messe kommandiert, alle sechs Wochen zur Beichte, da sehen es alle alten Weiber, die in der Gymnasialkirche so eine ganz besondere Herzstärkung suchen: »Der geht nicht mit herauf kommunizieren, der hat die Absolution nicht bekommen. Was mag er nur verbrochen haben? Oh, oh!« Achtmal im Wirtshaus gewesen. In diese jämmerliche Freiheit muß man sich flüchten und in einem billigen Luzifertum sich fühlen: »Gott hat die ersten Menschen ins Paradies gesetzt und wieder hinausgejagt, er hat die Sintflut über sie geschickt, er mußte doch wissen, daß sie sündigen würden. Wie kann man einen Mord befehlen, einem Vater zumuten, einen Sohn zu töten? Ja, es war nur eine Probe! Also eine Lüge.«

Mit diesen Spitzfindigkeiten am Wörtlichen muß man sich abgeben, weil nicht der tiefere Sinn gesagt wird, so stark war die Liebe Abrahams zu Gott, daß …

Oder mußte man als Primaner nach so und so viel Jahren aus der Dorfschule die Sextaner als Meßdiener amüsieren? Nein, die Religion muß lebendig bleiben.

Das Gruseln knabenhaften Wagnisses, eines billigen Luzifertums, die Neugier und Eitelkeit einer Lieblingsphilosophie wäre nicht schlau. Wie aber, wenn man um die ungeschickt verbliebene Form, den halb theologisch gehobenen Katechismus und das bißchen Kirchengeschichte, kleinliche Sittenpolizei für die lebende Religion nimmt? Abstirbt im Herde, ein kalter unbehaglicher, winddurchtoster Bau? Allein im Suchen nach der Höhe, die in uns ist und drängender Jubel von hier zu da, von da zu hier, kein Prediger, eine Weltenwonnen schlagende Nachtigall, ein Franz von Assisi, ein William Blake, die tagelang dem jüngsten Stündlein entgegensingen, Lieder der Zugvögel, Melodien nicht von dieser Welt!

Und so das zu hoch für die Lehrer ist, so doch hinüberdeuten in das Wissen unserer vielfindenden Zeit. Zeigen, wo das Wissen zu Ende geht, wo wir unser Leben verlieren müssen, um es höher wieder zu finden.

Einen Gipfel ersteigt man, wir müssen höher, also heißt es fliegen.

So für unsere selbstsuchende Zeit läßt sich viel finden.

De profondis

Träume sind fremdartige Gegenden. Wie wir da so grell, jäh, flackernd, albern bewußt, töricht im Vordringen unserer Handlungen, so schwer in ihren Äußerungen sind, wie wir sie entzwei machen und umfassen!

– Das gibt Züge – die eigentlichen. Das Nebenher. Das benutzt das düstere heitere Aneinanderreihen unserer Vorschul-Ewigkeiten.

– Über den kahlen Berg. Auf verlassen grundloser Heerstraße, wo die Bäume noch im Amte blieben, die unsere Jugend zudecken mit ihrem Wachstum, so daß wir fremd sind in der Heimat, dieser wehmütigen Verwandtschaft der Erde mit unserer Seele. Ein kleiner frierender Ponywagen rüttelt hilflos dahin. Kaum Schatten, immer Unheimliches mitzuteilenhabender Zitterpappeln.

Stiefmütterlich, unbeseelt ein Vorwerk, dann und wann bearbeitet wie von Verbannten.

Verwittert neu, gelblich ungesunder Kalkstein, kein frank menschliches Auge der Menschheit, kein Fenster, nur tückische Dachlaurer zwischen den kalken graulila Sandplatten der Scheunendächer.

Graugerissene Furchen der Erde, schwer unter den Furchen der kahlen, verwandten Berge. Kreischend rote Vogelbeeren.

Erwachsener Trauer um ihre Eltern. Das ist so tief für ein Kind. Wie sie schweigen, ihre Seele nicht anzustoßen wagen auf diesem holprig immer wilder schleudernden Wagen.

Bauernweh: schon schaut es aus nach uns von halber Lehne drüben, und hüllt es ein – das Verwandtendorf, in seiner Falte wie ein Kind, das sich an der Mutter hält, hüllt es ein, daß mans nicht suchen mag wie sonst am lockenden Kirchenmeßtag.

So etwas wird eingetragen. Und der Schmerz hat so etwas Heimatliches, näher zu uns Führendes.

Mein heiliger Abend

»Meinetwegen! Nun machen Sie aber, daß Sie herauskommen!«

Als die Wirtin gegangen, machte ich mir an dem einzigen Stuhle Luft, den mir die Wirtin soeben vor die Tür zu setzen die große Gewohnheit hatte. Ein bewährtes Mittel das, eine innere Empörung niederzudämpfen, dessen sich, verläßlichen Gewährsmännern zufolge, schon der Altreichskanzler nicht ohne Erfolg bedient haben soll.

Noch einmal öffnete sich die Tür dem Ingrimm meiner liebwerten Frau Hospita: »Also morgen mittag zwölf Uhr! Sind Sie dann noch immer nicht raus, dann schmeiße ich Ihren Kram auf die Straße und Sie hinterher.«

»Schöne Seele!« meinte ich bescheiden.

»Sie machen sich wohl noch lustig über mir, Sie Strolch Sie! Sie Erzgauner! Überhaupt sone Schriftsetzer, eine nette Package muß dett sind!«

»Sie vergessen sich, verehrte Frau Meckert, denken Sie daran, daß heut Heiliger Abend ist!«

»Ach Heiliger Abend! Ihnen scheißt der Hund was!«

So, nun war ich endlich allein mit dieser an Gaben und Ahnungen so reichen Weihnacht des ganzen Jahres.

Meine Bescherung hatte ich bereits weg. Zwei Pakete auf einmal. Nett, nicht wahr? Es gibt doch noch gute Menschen!

Das eine Paket enthielt ein Drama in fünf Aufzügen. Das betitelte sich »Schillers Lehrzeit«, war gut geschrieben, darum von mir. Es sei nicht künstlerisch genug, zu belehrend!

Zum Kuckuck noch mal, dafür heißt es doch auch Lehrzeit!

Das zweite Paket enthielt: »Sappho«, Roman der Schönheit von Peter Hille. Auf den hatte ich die meiste Zuversicht gesetzt, wie ich an »Schillers Lehrzeit« – und das doch wohl mit Recht – die höchsten Erwartungen geknüpft hatte.

Nun war auch er wieder da.

Noch aber hoffte ich. Während ich so am Hoffen war, ganz hoch in den Hunderten schon, fingen in feierlicher Tiefe die Glocken an zu klingen. Bald aber hörten sie wieder auf, und ich konnte unabgelenkt in mich zurückkehren.

Es gibt eben so ungefüge Stunden, gewöhnlich an geweihten Tagen, wo man dem lieben Gott Ohrfeigen anbietet und sich selbst rechts und links welche verabfolgt in machtlos aufsiedendem Grimm gegen die Bosheit des Schicksals, das wir in uns selbst zu züchtigen glauben.

Es werde Licht!

Es wurde aber keins. Denn die Lampe stank, als ich mit ihr mein gequältes Dasein etwas erleuchten wollte, stank wie die mürrische Miene meiner Wirtin, die da draußen herumrumorte, um mir ihre trauliche Anwesenheit nicht ins Vergessen zu bringen.

»Det nennt sich Schriftsetzer und hat keine heile Hose am Arsche!« Diese sinnige Bemerkung hörte ich immer wieder unter einem bitteren Gelächter, mit allen Kapriolen, jener Impudenz der Impotenz, die ein Kritikergenius, ein Kerr etwa, zu zeigen pflegt.

»Ausräuchern müßte man die Schwefelbande!«

Meinte sie nun mich oder Studermann oder Kerr?

Und fragen konnte ich nicht.

So erhielt ich keinen Aufschluß.

Es fing gut an.

Erst hatte mir Redakteur Lausewetter Kindersachen zurückgeschickt, die er vor einem halben Jahre angenommen hatte, nun aber ablehnte, weil in letzter Stunde Liliencron und Bierbaum noch eingesandt hatten. »Und solche erste Namen«, meinte mein Lausewetter mit demselben Takt, wie er auch den Tag der Rücksendung gewählt hatte, »die müssen wir bringen.«

Weh dir, daß du ein Enkel bist!

Nun blieb noch eins!

Heute hatte ich noch zu essen. Eine Schrippe von Mittag her und einen halben Hering. Wie ich nun meines gefrorenen Herings eiskalte Schilfern zwischen meinen Zähnen fühlte, da kam ich mir vor wie mein Symbol, wie ich als solches mein Leben verschlang.

Ich lehnte meine Stirn gegen das Fenster. Es waren wieder irgendwo, ganz dumpf, Glocken in der Luft. Dumpf und müde! Dumpf und müde! Ich konnte es mir wohl denken! Die armen Glocken!

Zweitausend Jahre lang schon haben sie gelogen.

Von Frieden und so was.

Das ist schwere Arbeit.

Fast wie Sterben.

Das wissen auch die Dichter.

Darum sind sie den Glocken so gut.

Eintönig klägliches Getute einer Kindertrompete. Da hatten wir die Bescherung!

Aber es mußten viele doch nichts gekriegt haben heute. Es sah so ärgerlich aus draußen.

Es war alles so gereizt, als nun die paar Hinter- und Dachfenster, die ich da und dort vor mir hatte, allmählich undeutlich erleuchtet wurden.

Wie geronnenes Blut etwa.

Begreiflich: kein einziger Christbaum!

Nur gerade gegenüber aus dem Hinterhause der Villa in der Regentenstraße kamen einige Tannensterne zum Vorschein: da wohnte wohl der Bediente oder Kutscher.

Da vorn aber, wie mußte es da erst aussehen! Da war ich angerichtet.

Ja wirklich ich. Corinth hatte mich gemalt und die Dame des Hauses von ihrem Herrn Gemahl mich zum Weihnachtspräsent ausgebeten.

Und sie hatte mich bekommen. Denn ihr Mann gewährte ihr alles, was er ihr nur an den Augen abzulesen vermochte, und er konnte es auch, denn sein Tagewerk war Knipsen. Nicht im Schalter, sondern vor dem Tresor.

Da würde es hergehen, da vorn! Wie ich da bewirten mochte, wie mir zu Ehren die gebranntesten Korken sprangen! Kaviar fürs Volk, dort in einem Kreise, der mir Verständnis entgegenbrachte.

Noch aber war meine Stunde nicht gekommen. Noch stand ich im Lorbeerkranze hinter einem Vorhange.

Er fiel. Welche Überraschung begrüßte mich, welche Bewunderung!

Wie zufrieden lächelt der Gastgeber über seinen Geschmack. Ich sagte es ja immer, eine Weinzunge ist verwandt mit der hohen Diplomatie, ist zu allen Dingen nütze.

Es klopft.

Der Briefträger.

Eine Überraschung! Ein Paket, der dämonische Sagenroman »Der Rattenfänger von Hameln«, meine letzte Hoffnung – nun liegt sie vor mir!

Der gute Briefträger: schenkte er mir doch die fünf Pfennig Bestellgeld, die ich nicht zahlen kann. »Na, weil Heiliger Abend ist!«

Die Stube ist ganz voll. Eine bereits dichte Versammlung hat darin Platz genommen: die Finsternis.

Wie außen, so mags da drinnen sein.

Da wirds heller. Die Sterne droben klappern und zwinkern vor Frost.

Ich will ihnen auch eine Überraschung bereiten.

Wem soll ich was schenken?

Meiner Wirtin?

Aber was?

Mich selbst!

Aber das nützt nichts. Wenn ich mich auch aufhänge an dieser Schnur um das Paket von Lausewetter, das ich geduldig aufknoten muß in der Finsternis, weil ich kein Messer besitze. Man holt mich ab zum Schauhause, und übermorgen hängt dort der Zettel aus.

Das hat also gar keinen Zweck. Dynamit! Könnte ich nur Dynamit kaufen, würde das hell werden, hell für alle! Die Kathedrale sollte aufleuchten in ungeahnter Lichtfülle Gott zum Preis und seiner schönen Welt!

Ein deutscher Dichter, der sich nicht mal ein bißchen Dynamit kaufen kann zum Christkindchen – pfui Teufel!

Und ich lache – ein Timonslachen.

O Gott, wie schön ist doch die Freiheit, das äußerste Elend! Man ist so sicher, tiefer kann man gar nicht fallen!

Morgen, wenn ich erwache, erster Feiertag, spitzenfrische Morgenröte und draußen Kinder, die stolz und neidesfroh die Vorzüge ihrer Puppen spazieren führen und minderbeglückten, weniger bedachten Gespielinnen gegenüber preisen.

So bleiben sie, auch wenn sie erwachsen sind.

Nur daß sie selbst die Puppen sind und ihren Puppenstaat lieber am eigenen Leibe tragen.

Durchfall am Himmel

»Nein, so ein Feetz!«

Den Engeln standen noch die Tränen in den Augen. Die hellen Lachtränen.

»Das war ja zu schön! Zum Kugeln! Reinweg zum Kugeln!«

»Da gehen wir Dienstag wieder hin.«

»Einmal wirds ja noch aufgeführt werden.«

Dabei hakten sie einander die blauen Flügel, die sie in der Garderobe abgegeben hatten, wieder ein in die patentierten Schnallen ihrer blauen Gewänder und nahmen wieder das hochmütig sittige Aussehen an, das sie der Außenwelt gegenüber zu bewahren wissen.

Die Engel sind eben große Politiker vor dem Herrn.

Von der Erde aber drunten sah man am Himmel einen wunderbaren Stern, wie nie seinesgleichen gewesen war.

Das war das gewaltige Werk, das droben unter dem unauslöschlichen Gelächter des himmlischen Publikums bestattet worden war.

Und immer wieder leuchtete der Einsame auf in neuen Qualen gewundenen Feuers.

Glänzend starb er, in unerhörten Farbenspielen wie ein Meeresstern oder eine Seeblume.

Die tugendhaft soliden Busen selig entschlafener Metzgerfrauen, die ihren Kirchenstuhl drunten mit einem Gratis-Abonnement auf erstes Parkett der himmlischen Vollendungsbühne und das Sterbehemd mit einem schwarzen Seidenkleide nach Gersons Zuschnitt vertauscht hatten, diese braven Busen hatten gewallt, als sei eine Empfindung in sie eingezogen, die sie auf Erden niemals bewegt.

Und die furchtbaren Isidore droben mit Karpfenschnuten und dolch- oder kreisförmigen Schnurrbärtchen prüfen bereits die Schärfe ihres mordsmäßigen Witzes, um unverzüglich zur Hinrichtung zu schreiten, und ihre rauchigen Augen gingen umher wie nach Stift und Papier.

Und der armen Kunst ist eben nicht zu helfen. Denn der Chef oben befaßt sich natürlich nur mit hoher Politik und überläßt in einer Gleichgültigkeit, einer Geringschätzung, die fast Abneigung ist, das unter dem Strich den Anfängern, den Preß-Volontären des Jenseits.

Er ist nicht grausam – o nein!

Aber er kann sich doch nicht um jeden Dreck kümmern.

Da ist nun mal nichts zu machen. Man muß sich mit der Tatsache abfinden.

Die Stadt von Glas

Ich kam mal in eine blinkende Stadt.

Die war ganz von Glas.

Und diese blinkende Stadt hatte lauter artige Kinder.

Das kam so: Wenn ein Kind schrie und knutterte und ettrig war, dann sah das Glas gleich ganz böse aus, was in der Stube war.

So braun wie ein Bär.

Und zankten sich die Kinder, so lief das ganze Haus von oben bis unten sofort an und sah dann aus wie schlechtgebrannte Ziegel, halb blau und halb rot.

Gönnte aber das eine dem anderen das Spielzeug nicht, so war Fußboden, Stuhl, Tisch, Sofa in einem Augenblick so grün wie Schimmel oder Entengrün. Und das dauerte dann so lange, bis das Kind wieder lieb und freundlich aussah.

Und wenn ein Kind seine Schularbeiten noch nicht gemacht hatte, dann sah so ein Haus gleich so grau aus wie ein Esel.

Nun wars ja in der ersten Zeit auch in dieser schönen, blinkenden Stadt wohl vorgekommen, daß Mutter die Zuckerdose nicht gleich weggestellt hatte. Und dann wußte kein Mensch, wo die Zuckerstücke geblieben waren, die soeben noch darin gewesen: die Frieda nicht und der kleine Erich erst recht nicht.

Als aber dann das ganze Haus von oben bis unten hin schwarz wurde wie die Nacht und diese Nacht sich über die ganze Stadt ausbreitete, daß keiner mehr was sehen konnte, da wußte gleich die ganze Stadt: hier war schrecklich gelogen.

Da nun die Kinder es bald heraus hatten, daß nichts Böses hier verborgen bleiben konnte, wurden sie bald alle gut, und jedermann hatte seine Freude an ihnen, und sie waren immer froh und munter.

Und mitten in der Stadt, da war ein hoher Turm auch ganz von Glas. Da waren alle schönen Farben in den Wänden, die ganz aus Scheiben bestanden, durch die besah man erst die Gegend, und dann zuletzt ging die Sonne unter. Das sah man dann wieder durch das klare Glas.

Ich meine gehört zu haben, daß in dieser Stadt von Glas noch einige Häuser zu haben sind. Hättet ihr wohl Lust, mit euern Eltern dort hinzuziehen?

Die große Arbeit

Die kleine Martha läßt sich nicht stören. Ihre Puppe liegt hinter ihr ganz hilflos auf dem Rücken. Sie liegt da mitten im nassen Sande, zwischen zwei Schilfpalmen rechts und links, und ein grünbrauner Goldkäfer krabbelt ihr über das Näschen. Mit großen Augen guckt sie hilfesuchend in den Himmel und vergißt vor lauter Entsetzen zu schreien.

Die kleine Martha aber schöpft mit dem verbogenen, von lauter Arbeit schon ganz blank gescheuerten Teelöffel weiter. Sie möchte heute noch fertig werden mit ihrer Arbeit; denn sie ist ein fleißiges kleines Mädchen, und die Sonne steht schon sehr niedrig. Dicht überm Meer steht die Sonne, und der Abendhimmel und das Wasser sind so rosarot wie Himbeerlimonade. Und wenn Martha die Limonade da aus der großen Schüssel noch in den kleinen Teller schöpfen will, den sie mit ihrem Teelöffel in den Sand gehöhlt hat, dann muß sie sich wirklich sehr beeilen.

Die Limonade soll nämlich das Püppchen, weils gar so brav gewesen ist den Tag über, heute zum Abendbrot haben. Die faule Miezekatze aber liegt daneben in dem hellen Sande und läßt sich ihren grauen Pelz von oben und von unten wärmen im schönen Abendsonnenschein. Sie liegt und schnurrt. Und wenn die grellen grünen Augen, die sie manchmal öffnet, sich überzeugt haben, daß das kleine Mädchen noch immer hübsch an der Arbeit ist, dann schließen sie sich freundlich wieder zu, und das Schnurren wird fast so stark wie bei Großmutters Spinnrad.

Und auf der anderen Seite der großen Schüssel sitzt noch so ein kleines Mädchen: das heißt Dagmar und schöpft auch für Puppchen Limonade aus der großen Schüssel. Sehen aber können sich die beiden kleinen Mädchen nicht. Denn die Schüssel, die ist ganz, ganz groß; sie geht von Kolberg bis nach Dänemark.

Und auch in Dänemark, an der anderen Seite der Schüssel, liegt eine Mieze, und ihr zufriedenes Schnurren sagt: Ich bin mit der kleinen Dagmar wirklich sehr zufrieden. Die Dänenpuppe aber, die macht zwei runde verwunderte Augen über die kleine Dagmar und ihr großes Werk, das nie, nie zu Ende kommt.

Oder glaubt ihr, daß die beiden kleinen Mädchen noch fertig werden und daß ihr Püppchen das Abendsüppchen noch bekommen wird heut abend?

Ach, die Limonade ist schon ganz blaß geworden und schon gar keine Limonade mehr, sondern bloß noch Meer. Und das große Meer läuft immer wieder fort aus dem kleinen Tellerloch, wie ein unartiges Kind, wenns ins Bett soll.

Machst dus auch so? –

Weltwiese

(Baby-Kapriccio)

So eine Wiese.

Strotzt die und flammt von lauter krausen mutwilligen Sonnenköpfen voll von lachenden Streichen. Löwenzahn.

Mutwillige Zähnchen eines Löwenjungen.

Behutsam wildere Spielerei.

Läßt sich das wälzen auf den kräftig krachenden, durchsichtig grünen Säulen!

Das gibt Raum und Blößen hinein in die klaren Schatten strotzenden Urwalds schwellender Stempel.

Und stoßen zusammen die drallgesunden, lebendigwuchtigen Walzen, gibt das ein Krähen!

Und weiter kugelt man, einander nach oder sich trennend. Und stoßen zusammen Nun hat man alles glücklich platt und liegt still und atmet und mag sich nicht regen vor lauter Behagen.

Die Augen gehen einem zu, und gehn sie wieder auf, da wälzen sich oben am Himmel die kleinen Jungen und Lüds (Mädchen) wie lauter große rote Rosen.

Man kriegt auch wieder Lust. Es wird einem so heiß.

Da fühlt man sich auch schon gehoben, so wächst es unter einem auf und hebt einen.

Und bald liegen wir wieder mitten im Grünen.

Und keiner sieht mehr was vom andern.

Und so schön kühl ist es, wo man darauf liegt.

Der Magen meldet sich.

Pladderadautz!

Da kommen die Buddel herunter, die Bonbons und die Schokoladenzigarren für die kleinen Jungen, die beinah so gut schmecken wie die große Zehe, wenn man sich die in den Mund steckt nachher.

Und Bälle und Steckenpferde und allerlei so was.

Und Trompeten!

Und Gänse, die wackeln!

Und nun kriecht man so was rum auf Visite, was der andere gekriegt hat und was einem gefällt, das will man sich nehmen – natürlich!

Dann haut man sich, und das ist das Schönste.

Und die große Schwester da oben schüttelt lachend ihr unbändiges Kindergelock.

Seufzender Saft

(Schlummernde Kinder)

»Wo sind die Kinder?«

»Sie sind vorn und machen ihre Schularbeiten.«

So still – so streitlos, traulich, das bin ich nicht gewohnt hier. Da stört die eine mit lautem Aufsagen. Da gibts zu Friedenszeiten einen Tanz: »Nun wollen wir erst einen machen: Siehst du wohl, da kimmt er, lange Schritte nimmt er.« Zur größeren Feierlichkeit aber wurden vorher Rosenblätter gestreut. Dann nimmt man sich in den Arm und wiegt sich ein.

In den viel häufigeren Kriegsausbrüchen aber führt eine schnelle Entscheidung bald zu Greinen oder Anklagen. Ich öffne die Tür.

Da liegen die auf dem Sofa.

Aber nun – nichts – kein Atemzug und kein Schnarchen trotz des offenen Mäulchens des Pussels Mathilde.

Und doch atmen die zarten, lebensheftigen Leiber in leisen, Rührung weckenden Rhythmen.

Das schlafende Leben ist ein Geheimnis, das man nicht stören mag.

Ich wenigstens habe eine solche Ehrfurcht vor Schlummer, ich vermags nicht über mich, daraus zu wecken.

Und so setze ich mich denn als Schutzengel mit meinem langen, rotbraunen Bart auf die Sofalehne, sah mit Beobachterfreude die heftig roten Wangen und scheuchte die Fliegen, die sich, angelockt von der mit feinsten Schweißtropfen feuchten Duftregung der Haut, auf Arm und Nacken hartnäckig, fast klebsam niederließen.

Man mußte ein-, zweimal zuscheuchen.

Ein Regen, ein Stammeln geisterhafter Worte, ein Umlegen und Wiedereinnesteln, ein Hineinruf in diese vermeintliche Ritze des Schlummers fand indes keine Öffnungen.

Einzig schön die Gruppe, wie sie dalagen auf dem Sofa. Man hätte sich eine Kunst gewünscht, die alles das fassen konnte.

So eine lange, bläulich-grün gestreifte Gewandung, aber noch neu in blanken, knitternden Falten, hüllte wie ein Geniengewand ein die kniend gegen die Sofalehne angezogenen Füße der abgewendet, mit Kopf und Arm auf der Seitenlehne Ruhenden.

Hier das blonde weiche Haar, dort das Bronzelockengestrudel, hier die schüchterne Seelengestalt der Kindheit, dort die geschlechtslos abgeschlossene Weibesgestalt des Kindes vor Durchbruch der Reife. Durch die herabgelassenen Vorhänge fiel ein reichgelber, treibhausüppiger Schein.

In Fenstersonne ein Glas mit welkendem Blumenstrauß!

Davon fast körperhaft musikalischer sprechender Duft, wie eine üppige Wehmut redend aus dem müden Mutwillen der Nelken, der Ausgelassenheit des Rittersporns und dem zum Aufklappen reizenden Löwenmäulchen mit den nachdrucksam bekümmert geeckten Kinnhacken.

Dazu am Boden Tornister, Bücher auf der Fensterbank, das wahllos Hingeworfene der Kindheit: Unordnung, die hier nicht beleidigt, sondern zur Sache gehört.

Ach, sie wollen nicht pucken.

Man sagte mir, als ich noch ein kleiner Junge gewesen, hätte ich immer unter dem Birnbaum gesessen und darauf gewartet, daß welche herunterfielen. Und wenn dann gar keine hätten fallen wollen, dann soll ich mich ordentlich beklagt haben: »Sie wollen nicht pucken.«

»Pucken« heißt nämlich soviel wie fallen.

Auch später, als ich heranwuchs, habe ich den Birnbaum immer gern gehabt, auch wenn er gar keine Birnen mehr hatte.

Da sah das Laub so prachtvoll aus, und die Blätter fielen bald hochgelb wie überreife Früchte, bald kräftig gesprenkelt und bald feierlich rot, wie es in dem alten Liede heißt, mit dem meine Geschwister in den Schlaf gesungen wurden :

»Buko von Halberstadt
bring unserm Kinde was.
Was soll ich ihm denn bringen?
Goldne Schuh mit Ringen.«

Ja, so fest und so rot wie solches Leder sehen die Blätter dann aus.

Daß ein kleiner Junge, der noch nicht klettern kann, sich dabei ärgert, wenn nichts zu ihm herunterfällt, daß er hinkriechen kann und es auflesen, läßt sich begreifen. Aber wenn einer groß wird und er wollte sich dann noch hinsetzen und maulen: »Sie wollen nicht pucken«, darüber könnte man ja nicht einmal mehr lachen, darüber müßte man ordentlich ärgerlich werden.

Und das tuen viele, die nichts Ordentliches gelernt haben und nicht arbeiten wollen. Nein, wenn man größer wird, so groß wie Papa, dann klettert man selbst auf den Baum und schüttelt und schüttelt, bis alle Birnen unten liegen.

Dann können alle kleinen Jungen mitessen. Nur für kleine Jungen lassen die Bäume die Sommerbirnen pucken, nicht für die großen.

Dissa und Wissa

Es waren mal zwei Hexen. Die waren sehr, sehr böse aufeinander. Denn sie wohnten dicht nebeneinander und konnten sich immer sehn über den Zaun, wenn sie in ihr Gärtchen gingen und da die gewöhnlichen Küchenkräuter für ihre Hexensuppen suchten, die sie immer um dieselbe Zeit bei Neumond um Mitternacht kochten.

Sie mußten aber immer schon vor Sonnenuntergang die Kräuter ausziehen, weil sie sehr fein und wenig voneinander verschieden waren. Vorher konnten sie die Kräuter nicht holen, weil sie getrocknet ihre Kraft verloren und frisch bleiben mußten.

Das war ein Kreuz!

Noch schlimmer aber war es, wenn sie einmal etwas Großes vorhatten, nicht bloß so einem kleinen Jungen eine Hasenscharte anzaubern oder eine bunte Kuh behexen wollten, daß sie blaue Milch gab; wenns ihnen darauf ankam, eine Prinzessin in eine Schlange oder einen schönen Prinzen in eine häßliche Kröte zu verwandeln.

Da waren die Kräuter recht rar, recht rar. Die konnte man auch nicht im Gärtchen ziehen; da mußte man schon ganz, ganz tief in den Wald hinein, und genau Mitternacht mußte es sein; genau zwölf Uhr nachts, keine Minute früher, keine Minute später. Da mußte man das Kraut Krumurt so genau ausziehen, daß kein Faserlein im Boden verblieb. Das Kraut Krumurt verwandelte Prinzen und, wenn es recht groß und stark war, auch Könige. Es hatte vier große Fasern an der Wurzel, an jeder großen Faser saßen fünf kleine. Blieb nun eine große Faser in der Erde sitzen, so behielt die Kröte oder die Krähe, was die Hexe nun gerade wünschte, einen menschlichen Arm oder ein menschliches Bein; die kleinen Fasern galten für einen Finger oder eine Zehe.

Es hatte auf spitzen, langen schwarzgefleckten Blättern einen kleinen braunen Mohrenkopf und rief immer mit einer Stimme, die so scharf und so spitz war wie seine Blätter, mit denen man sich ganz gehörig schneiden konnte, wenn man nicht ordentlich aufpaßte.

In der Neumondnacht ging man das Kraut Krumurt suchen, ganz im Dunkeln; denn eine Laterne durfte man nicht mitnehmen; und ohne genau die Zeit zu wissen, denn Uhren gab es nicht, und Lichte anzuzünden, die jedesmal drei Stunden brannten, dazu waren die Hexen zu geizig.

Der Krämer hätte ihnen auch nichts verkauft, um alles in der Welt nicht; denn das Geld, womit Hexen bezahlen, verwandelt sich in der Hand des Empfängers in feurige Kohlen.

So hätten die Hexen geradezu verhungern müssen, wenn sie nicht Korn und Vieh behext hätten, das sie mitnehmen und brauchen konnten. Ihnen schadete das nichts; von gesundem Korn, von gesundem Fleisch wären sie gleich krank geworden und bald gestorben.

Das Kraut Krumurt hatte also eine Stimme, eine scharfe spitze Stimme, und mit dieser scharfen spitzen Stimme rief es die ganze Neumondnacht, bis es gepflückt war. Dann schrie es furchtbar auf und war still.

Fand man es nicht in der Neumondnacht, so war es am nächsten Morgen verschwunden.

Auch war es vor Abend nicht sichtbar, so daß man es hätte aufsuchen und sich die Stelle hätte merken können.

Man konnte nur nach dem Gehör gehen.

Nun war doch nichts einfacher, als das Kraut Krumurt zu finden. Man brauchte ja nur der Stimme nachzugehen.

Flötepiepen!

Das Kraut Krumurt hatte eine falsche Stimme. Es hörte sich an, als wäre sie hier, und sie war dort. Gerade wie's die Kinder machen, wenn sie Verstecken spielen und »Hu-hu!« rufen.

Und wenn die beiden Hexen ausgingen, ungefähr um dieselbe Zeit das Kraut Krumurt zu suchen, da stießen sie im Walde, wenn die Eulen heulten, oft im Finstern gegeneinander; dann knirschten sie mit den langen Hauern, den beiden Oberzähnen, die fast bis aufs Kinn gingen, sagten aber kein Wort vor lauter Wut. Dann auch, weil die, welche nun gesprochen hätte, in dieser Nacht ruhig hätte einpacken können.

Sie hätte doch nichts mehr gefunden.

Und so suchten sie, suchten, bis die eine den Schrei, den großen Schrei hörte und nun wußte: die andere hat das Kraut gefunden.

So wie's dann in der aufkochte, gerade wie der rasende Kessel, wenn das Kraut darin zischte und brüllte. Aber es half nichts. Nur der Haß stieg, und die Hexe wurde nur noch mehr zur Hexe. Denn die beiden Hexen waren nicht von Anfang an Hexen gewesen, sondern ganz gewöhnliche kleine Mädchen, die schon als ganz kleine Dinger nebeneinanderwohnten in denselben alten Hütten weit vorm Dorf am Sumpfe, wo sonst keiner wohnen wollte.

Aber recht garstige, böse kleine Mädchen waren sie gewesen, die dem Vater wegliefen, die Mutter auslachten, sich kratzten, bissen, traten und sich die Zungen ausstreckten.

Auf der Schule wars noch viel schlimmer geworden. Und als die andern Mädchen heirateten, waren sie schon so weit in ihrer Niedertracht, daß sie mehr Böses ausrichten konnten als alle zusammen, also Hexen waren. Sie waren aber hübsch, noch viel hübscher als alle Mädchen zusammen, mit roten Lippen und bösen blinkenden Glanzscheinaugen. Die eine mit schwarzen, vergnügt schlauen Augen und schwarzem Haar, das den weißen Nacken darunter ganz, ganz lockend machte – hieß Brulle. Die andere mit grünen Augen wie ein leuchtendes Zauberkraut und Haar rot wie eine Flamme, die es kochte, nannte man Wulle. Nun warteten die beiden, bis die beiden schönsten Mädchen im Dorf, die ihnen natürlich nicht das Wasser reichen konnten, sich mit den schönsten Jünglingen versprochen hatten, die ihnen am meisten gefielen. Darauf tanzten sie auf einer Kirmes mit ihnen und verzauberten sie, daß sie den Verspruch brachen und sich mit ihnen verlobten: der Schloßbläser Schraplau mit der schwarzen Brulle, der Bogenschütze Wurmstecher mit der grünen Wulle.

So boshaft waren sie, so boshaft, daß sie nun nachher noch, als sie längst verheiratet waren, einander die Männer fortnahmen.

... Und nun gingen sie doch zusammen. Ja, sie erwiesen einander Gefälligkeiten. Sie ärgerten einander nun nicht mehr damit, daß sie die schönsten Plätze, wo starke, aber nicht ganz so mächtige Zauberkräuter standen, die mehr vorkamen, die man auch zu andern Zeiten bei Tage pflücken konnte, abflückten. Nein, sie sagten einander die Stellen, brachten sich ... zusammen.

Das kam so.

Die Hexen hatten zwei Söhne. Brulles Sohn hieß Bick, Wulles Sohn Back. Die Knaben wollten keine Zauberer werden. Um alles in der Welt nicht.

... Es gehört sich doch so, daß die Söhne von Hexen Zauberer werden, wie sie als Mädchen Hexen geworden waren.

Nun aber wollten sie weder behextes Korn noch blaues Fleisch, noch nahrhafte Krötensuppe aus dem Hexenkessel essen; viel lieber wären sie in die Dorfschule gegangen, um Schreiben und Rechnen zu lernen, als daß sie in den Zauberbüchern lesen und die Sprüche daraus auswendig lernten. Und sie zeichneten viel lieber Männchen mit Spinnenbeinen oder Frauengestalten mit wirrem gesträubtem Haar und langen Säcken, »Rabeck« oder »Das ist Hulda Habestreit«, als daß sie die Zauberzeichen aus dem großen schwarzen Buche nachzeichneten, die bisweilen so seltsam aufleuchteten, wenn man sie laut aussprach …

… Und sie sahen so frisch und rotbäckig und munter aus und gingen im September, wenn die andern Jungen frei hatten, mit denen Haselnüsse pflücken, »nuten« nannten sie das. Sie hatten alle ihre alten Taschen aus Hosen und Jacken zusammengenäht mit Nadeln, die ihnen die Mädchen liehen, und sich Beutel daraus gemacht, und mit den Messern, die sie von ihren Hexenmüttern bekommen hatten, auf daß sie damit den Kröten und Fröschen die Schenkel abschnitten; schnitten sie Haken aus den Haselnußsträuchern, mit denen sie die höchsten Büsche, worauf die braunsten, dicksten, wie ein umgekehrtes Herz aussehenden Haselnüsse saßen, die leicht aus den gelbwelk geflammten Näpfchen raschelten, zu sich niederbogen, um sie in den an einem Bindfaden links hängenden bequem schwellenden Beutel zu leeren. Die Mädchen flochten ihnen auch wie den andern Jungen aus Binsen Rüschhüte, daß sie wie Generale aussahen, und bekamen dafür Nüsse ab. Von den Jungen kauften sie sich für ein Schock Nüsse ein Stück Brot und waren froh und glücklich in der freundlichen Sonne unter dem guten blauen Himmel. Und wenn sie oben auf einem Berge oder alten Wartturme standen, schrien sie vor lauter Freude, und sie fühlten sich so froh und kameradschaftlich mit den anderen und hatten zusammen mit ihnen so eine warme Seele, wie sie das anders nie kannten, und sangen mit ihnen:

»Die Sonn erwacht,
mit ihrer Pracht
erfüllt sie die Berge,
das Tal,
o Morgenluft,
o Waldesduft,
o goldener Sonnenstrahl.
Die Welt entlang
mit Sing und Sang,
mit freiem und fröhlichem Sinn,
wir wissen woher nicht, wohin.

Mit dem Pfeil, dem Bogen
durch Gebirg und Tal,
kommt der Schütz gezogen,
froh im Morgenstrahl.«

Und kam der Abend näher, konnte man der Sonne in das klare goldene Auge blicken, und wurden ihre Schatten lang, lang wie lauter furchtbare Riesen, die immer näher und näher kamen, die immer mehr wuchsen, dann wurden ihre Stimmen fromm und ruhig:

»Wie könnt ich ruhig schlafen,
in dunkler Nacht,
hätt ich nicht, Gott und Vater,
noch dein gedacht.«

Und die armen Jungen hatten wahrlich Trost und Vertrauen nötig. Denn sie mußten nun nach Hause zu ihren bösen Hexenmüttern, die sehr zornig waren, weil ihre Söhne den ganzen Tag fortgeblieben waren, nichts gelernt hatten und statt der Zaubersprüche Nachtgebete, die sie die kleinen Mädchen gelehrt hatten, und fromme gute Lieder mit nach Hause brachten. Daß sie kein Abendessen bekamen, freute sie, und die Schläge mit dem Besenstiel duldeten sie ohne einen Laut; denn sie hatten ein gutes Gewissen und fühlten, daß man bösen Eltern, wenn sie was Böses befehlen, nicht zu gehorchen braucht. Was sonst sehr verkehrt wäre, hier war es recht.

Und wurden sie am folgenden Tage mit Zaubersprüchen und besprengten Riegeln eingesperrt, so sagten sie ein Gebet, und sie konnten heraus.

Von den Nüssen nahmen sie nicht mit nach Haus. Die brachten sie immer ins Königsschloß. Der Pförtner, der sonst so furchtbar war und eine Stimme hatte wie zorniger Donner und die Augen rollte wie feurige Räder, die man unter Belagerer laufen läßt, der lachte gutmütig und ließ sie ein. Und das Hoffräulein, das die Prinzeßlein sticken lehrte, öffnete ihnen die Tür zu dem Eckzimmer mit dem hohen runden Fenster, das kleine Stühle und Bänke mit hohen Lehnen hatte, die geschnitzt waren wie ein brauner Eichenwald, mit bunten Seidenkissen darauf, die wie Blumenkissen waren.

Wie freuten sich da die beiden, wenn sie die beiden kleinen, niedlichen Spinnräder von Elfenbein sahen, darauf Flachs gesponnen wurde, der so fein und glänzend war wie Prinzessinnenhaar! Wie freuten sie sich über die beiden Webstühle, auf denen Blumen wuchsen, so freudefarben, wie sie nur die fleißigen lieblichen Hände zweier Prinzeßlein in Seidenfäden finden können! Und auch die großen Bälle, die bunten Kugeln, die munteren Puppen, denen man den leichten Sinn und die unbeschwerte Heiterkeit nachfühlte, wie sie so rosarot und blond in ihren rüschenreinen Bettlein lagen, die Arche Noah mit dem derbgesunden Farbgeruch, den kräftig gerundeten Tieren und der von oben bis unten in ihre langen roten und blauen Gewände geknüpften Familie Noah, das war so wie die andere Seite und paßte dazu wie das Spiel zu stillem Fleiß.

Bisweilen war der Burgkaplan da, ein freundlicher würdiger Jüngling, der so was ganz Gütiges und Heiliges in den Händen hatte. Der lehrte die Prinzeßlein aus einem Buche, worin große goldene und bunte Zeichen standen. Fast so seltsam wie in den Zauberbüchern zu Hause. Aber so freundlich, viel, viel milder, so freundlich lieb! So lauter und heilig wie edles Blut. So gerne, gerne hätten sie das gelernt.

Hier waren sie zu Hause, hier war ihre Heimat. So hell, so froh war ihnen zumut.

Und es streifte sie hier etwas von weitem wie Mutterhand. Kam die Königin mal nach den Knaben sehen, leuchtend in Prächten, dann winkten den verlassenen, häßlich umstarrten Knaben zwei freundlich liebe Sterne, die Liebe der Landesmutter …

… Bick war das heitere Kornfeld mit blauen Augen, die wie Blumen waren, Back die düstere Landschaft; Bick war das Prinzessinnenzimmer, Back die Hütte daheim. Back, der düstere, sah mehr Dissa, frisch und nur forschend, sinnend verweilend, wenn so ein Wunderwölklein durch ihre Seele zog, wie sie so gerne durch die Kinderseele über den Himmel ziehen.

Die sah er, sie machte ihn hell und heiter …

… Die feine grauhelle Frage der Augen, die freundlichleise rote Blume des Mundes, das gerade feine Flachs ihres Haares, das nicht wußte, ob es Silber war oder Gold …

Bick, der heitere, hatte Wissa gern, die mehr über den schönen buntgemalten Zauberbüchern lag und suchend und ernst und kniend an den ernsten bunten suchenden, traurigen Blumen webte als sich mit den Spielsachen da unten tollte, dem Bählämmchen ohne Kopf, dem großen Ball, der jeden Stoß zurückgab wie ein Böcklein. Wissa hatte schwere dunkle Locken, die sich in sich zurückgezogen hatten.

Wenn er nun sein Beutlein mit Nüssen abgab und damit läutete, daß sie gegeneinanderklapperten, so machte er sein fröhlichstes, aufmunterndes Gesicht. »Prinzessin, lach mal! Ach bitte, bitte lach mal!« Und sie versuchte es. Und gelangs auch nur halb, wie freute sich Bick.

(...für ihn war es, wenn Dissa mit drolligen Schleppen spielender Gewande über Estrich, Tisch und Bänke tanzte ...)

Die beiden Hexen freuten sich auch gerade nun. Einträchtig waren sie mitsammen auf die Wiese Urpilu gegangen, eine Stunde weit in dem Zauberwalde. Hier wuchs das Sämmarakraut, das man beim letzten Sonnenstrahl pflücken mußte. Dann piepte es leise und schnoberte wie mit einem roten Schnäuzchen und plinkte mit den glänzenden roten Augen, denn es hatte als Blüte ein weißes Mäuschen und verwandelte gut gekocht jedes eine Prinzessin in ein weißes Mäuschen.

Als Bick und Back so einen recht schönen großen Sack Nüsse zusammenhatten und die den Prinzessinnen geben wollten, da lief alles erschreckt durcheinander. Die schöne Königin weinte und hatte ihr Gesicht mit den Händen darunter auf der hohen Lehne, die braun war wie ein Eichenwald, und fühlte gar nicht, wie hart die war. Der König aber rief: »Wer mir meine kleinen Töchter wiederbringt, soll mein halbes Reich erben und soll sich eine meiner Töchter wählen, damit er Hochzeit mit ihr halte, wenn sie erwachsen ist.«

Die beiden Knaben aber wußten Rat. »Das haben sicher unsere Mütter getan. Die wollten nicht, daß wir hierhergingen. Und die Prinzessinnen sind auch nicht weg. Es sind jedenfalls die beiden weißen Mäuse – –, die da unter dem Schrank waren. Es wäre am besten, man machte einen schönen goldenen Käfig für sie und verwahrte ihn gut; denn da sie verwandelt sind, haben sie auch die Furchtsamkeit der Mäuse und würden weit in die Welt laufen.

Wir aber wollen in die Welt ziehn und alle Riesen und Zauberer besiegen, die unsere Mütter uns schicken. Dann kommen wir wieder und heiraten sie, Herr König!« Der König verstand, die Knaben waren die Rechten, nickte froh und stolz; dann streichelte der König Bick mitleidig über das wie feines Gold, glänzende Haar, und sie gingen. Und kaum waren sie draußen vor der Zugbrücke, da donnerte es, und ein grauer Riese mit einem großen Schwert trat auf sie zu und holte mit dem Schwerte aus. Bald auf den, bald auf den. Sie wußten, daß sie keine Furcht haben durften, dann verging der Schlag. Hätten sie sich gefürchtet, wäre gleich noch ein Riese gekommen.

So gingen sie weiter, verdingten sich als Hirten, dann, als sie größer wurden, banden sie Garben, immer aber bei Tag und Nacht der graue Riese und das sausende Schwert. Bei der Arbeit, bei der Mahlzeit, auch in dem Schlafe, in den Traum kam der Riese.

Einmal aber, sie waren gerade vierundzwanzig Jahre alt geworden und feierten ihren gemeinsamen und gleichaltrigen Geburtstag. Da war der Riese fort. So sagten sie dem Bauern, daß sie sofort gehn müßten, und waren nicht zu bewegen, auch nur bis morgen zu bleiben. Sie gingen die ganze Nacht, immerzu nach Westen. Und als die frühe Junisonne aufging, da schien ihr erster Strahl in das Fenster des Schlosses.

Als sie an die Zugbrücke kamen, schlief noch alles. Sie riefen. Der Torwart kam brummend und scheltend und wollte nicht aufmachen, denn es war ein neuer, der die Knaben nicht gekannt hatte. »Wir sind Bick und Back. Wir wollen die Prinzessinnen erlösen.« Der Torwart rief die Leute zusammen und flüsterte mit ihnen. Back fragte nach dem Kaplan.

»Ach der, der ist ja schon längst Bischof.« Endlich kam der Mundschenk, der war der älteste im Schloß und hatte ganz weiße Haare. Der kannte die Knaben wieder und führte sie zum König. Der rief die Königin – Gott sei Dank! Die Mäuse lebten noch.

Da öffnete man den Schieber, und Bick faßte hinein und nahm die ... düstere Wissa, die aber nun nicht mehr so eine herbe, innerliche fragende Falte an den Mundwinkeln, so schwere braunschwarze Augen hatte – sondern es war Leuchten darin. Und als er wiederholte »bitte, bitte lach mal!«, da fiel sie ihm um den Hals und lachte, daß ihr die Augen tränten, küßte ihn und sagte: »Herzliebster!« Und die Stimme ihrer Liebe war wie Gesang. Back aber brauchte nur zu greifen und zu küssen, und da stand es holdselig und streichelte ihn und küßte ihn und sagte immer: »O du mein Bäckelein du. Nun wollen wir uns aber gern, o so gern haben!«

Natürlich war nun bald Hochzeit, und jeder der beiden kriegte eine Krone, ein Zepter und einen Reichsapfel. Die beiden Hexen aber wurden aus dem Turm geholt, worin man sie gefangengesetzt hatte. Man hatte sie nicht verbrannt, weil sie die Mütter der beiden Knaben waren, die versprochen hatten, die Prinzessinnen zu entzaubern. Die Zauberbücher bekamen sie nicht wieder, damit sie keinen Schaden mehr anrichten konnten; der Bischof, der früher Schloßkaplan gewesen war, kam und beschwor die bösen Mächte, die die Hexen in sich hatten wachsen lassen, und baute ihnen kleine Häuser. Als sie so gut und alt geworden waren, daß sie auch keine Kraft mehr zum Hexen hatten, da durften sie kommen und ihre kleinen Enkel sehn. Es waren auch zu niedliche Kinder: der kleine Prinz Fudri, den der liebe Gott der hellen Dissa und dem guten Back geschenkt hatte, der so für seine und Bicks Mutter gesprochen hatte, mehr als Bick selber; Prinzeßlein Lidia, des muntern Bick und der geistesschweren Wissa friedlich feines Töchterlein. Und wenn sie nicht gestorben sind, leben sie wohl heute; noch. Nur die Hexen sind wohl schon tot. Oder sind sies nicht?

Vorgeschmack

(Militärisches Genre)

Es war auf dem Marktplatz zu Magdeburg. Die ganze Luft gefüllt mit dem harmonischen Zittern, das edeln alten Glocken eigen ist.

Leise streichelt die Sonne wie ein liebes Haupt die Kronen der Bäume. Vergleichbar einem gutgearteten Volk, jenem altwürttembergischen Untertanen, der sein Herrscherhaupt streichelt, das ihm auf dem Schöße über Regierungssorgen eingeschlafen ist.

Die Schule ist aus: Die Töchterschule. Gruppen voll monumentalstolzer Mädchenfreundschaft! Dann wieder andere: es wippen die kirschrot und grünsamtenen Tornisterdeckel, den Nacken eingezogen, das Köpfchen voraus, mit schütternden Löckchen und wehenden Schwämmchen, als gälts Unterschlupf zu suchen vor prasselndem Hagelschauer, und laufend, laufend!

Da stutzt so eine und macht einen Knicks, über und über erglühend wie Ananaserdbeeren auf Weinblatt. Denn sie trägt ein grünes Samtröckchen.

Der Offizier, so ein Hauptmann in der vollen sehnigen Schlankheit seiner männlichen Erscheinung spricht mit ihr. Wichtige Dinge wahrscheinlich: was Papa macht, ob sie auch heute brav gewesen ist in der Schule.

Doch einerlei, schon die Tatsache, daß ein Hauptmann mit ihr spricht, macht sie beneidenswert vor ihren Mitschülerinnen allen.

Da – o Glück – berührt sein Finger ihr Kinn rechts neben der Backe, und er läßt sich herab, und sie macht sich groß und spitzt ihr Mündchen wie der Hauptmann seine kommandierenden Lippen.

Wieder einige Worte.

Und noch einmal mit der ganzen, siegessichern anmutigen Umständlichkeit seines Standes wiederholt der Hauptmann dieses Zeremoniell der Zärtlichkeit. Ein frommer Ausdruck der Ergebenheit tritt der Kleinen in die Augen, ihr Herzchen schlägt schneller und macht sich fühlbar. Ihr Inneres steigt in einem Seufzer aufwärts, empor zu aller Mädchen Ideal.

Und noch mehr sich zusammenziehend, innerlich schuckelnd vor Wonne eilt sie nach Haus, das Glück, das ihr so unvermutet eben begegnet, zu künden.

Ein Vorgeschmack.

Beglücktes Magdeburg.

Ein Ort, wo ein solcher Geist der Ritterlichkeit herrscht, ist gefeit für und für. Dahinein wird nie die Pest der modernen Frauenbewegung Eingang finden, wird nie der Nietzsche, der Ibsen, der Jacobsen die Eschstruth verdrängen.

>>Mir ist, als ob ich die Hände
Aufs Haupt dir legen sollt,
Betend, daß Gott dich erhalte:
So rein und schön und hold!<<

Diesem Hauptmannsgebet wollen wir uns anschließen.

Vater Romeo

(Fragmentarische Fassung)

Und als wie eine Sonnenfinsternis der eiserne Vorhang sich niederließ, da verneigte sich ein schmales Cab vor dem einsteigenden Künstler und rollte leicht von dannen.

Schnell stellte Romeo seinen Gehstock in die grünviolette länglich geschwungene japanische Vase, die als Schirmständer sich alles Stabartige, das man bei sich führte, ausbat, und ging dann in ein gutgewärmtes, mit weichem Licht traut gefülltes Zimmer. Hier wärmte er zunächst seine das frostige Unbehagen des Abends wohl noch aushauchende Gestalt vor den Porzellanplatten des Füllofens und fragte leise hinüber zu der Hausdame, wie sie bei mittlerem Alter dem Geheiß des Schicksals leicht nachzukommen wissen und fremde Pflicht zur eignen machen: »Fräulein Metzner, der Doktor ist doch dagewesen?«

»Ja, Herr Scheil. Er sagte, die Sache sei nicht gefährlich, nur eine leichte Mandelentzündung. Warme Milch, wenn die Kleine trinken will, mit zwei Tropfen Zitrone darin.«

»Ich danke Ihnen, Fräulein Metzner, und bitte Sie, sich nun zur Ruhe zu begeben. Es ist schon spät. Ich werde bei der Kleinen wachen.«

Die Dame erhob sich vom Stuhle zu Häupten des Kindes: »Die Milch steht in der Ofenplatte im Thermophor. Gute Nacht, Herr Scheil!«

Mit leichter Verbeugung, lautlos war die graue sanfte Gestalt von dannen.

Nun waren beide allein. Mal raschelte es, kleine Ärmchen hoben sich wie Hämmer ... sie fielen wieder nieder, und weiter wie Geisterleben ging der Schlummer da im Bettchen. Dann die große Weltumwendung, das Erstaunen des Daseins, das Erwachen immer hat, vornehmlich bei denen, die nur Leben, nicht Gewohnheit sind: bei kleinen Kindern, wo ich Traum bin, Randloses, ein Meer fast der Ewigkeit!

Ihr Erstaunen ward Lächeln; sie streckte wie ihr Leben das Händchen aus und griff nach ihres Vaters Linker, der starken, schmalen, sehnig sehenden, mit dem blaugrünen Geschmeide entsagenden Blutes geschmückten Hand, wie um nun nicht mehr zu versinken, nun Halt zu haben dort oben.

Und es war ein Plaudern seltsamer Art nun, ein Gesichtszügen, ein Lächeln, bald still, bald wie ein glücklicher Glockenton und wenn Romeo alle Zärtlichkeiten aus seiner Seele in sein Gesicht hob und ein Zulachen daraus machte – dann ein Krähen, o so unbändig! Wo blieb da das bißchen Krankheit?

So eine Kinderseele nimmt es sehr ernst: Wie so forschend, wie aus Bekanntschaften weltenweiter Jahrtausende, wenn so ein paar forschend-feine Insassen im Park oder auf Schmuckplätzen von Spreewälderinnen fortgedrückt werden so kräftig, daß die Vorderräder des Wagens meistens in der Luft nach Boden schlagen, und von Kinderwärterinnen, in deren Kleidern und breiten Erörterungen der buntflache Alltag so eines heimischen in die Weltstadt verbrachten Dorfes sich verbreitet, dann forschen sie einander an, während sie so in gelben Wagen sich gegenüberliegen: »Wo habe ich dich wohl gesehn? Wer kannst du sein? Was willst du mit mir?« Und das alles so wortlos, so tiefgründig! Die Mutter kann leicht so ein guter Kamerad werden, so sie sich auf das feine Königtum junger Seelen versteht.

Und ist sie dahin und der Vater an ihre Stätte getreten, das ist dann mal so eine seufzende stille Zärtlichkeit oder so ein muntres frankes knabenfreundliches Begleiten.

Nun ist das feine Äckerchen der Seele noch rosig verwundertes Aufstarren. Bisweilen nach Kinderart ein mißtrauisch schmeichelndes Einlächeln in das Gewaltige da über ihm. Da wendet die Kleine die Augen zur Wand.

Seine folgten.

Aha, ein Glanz, ein Glanzpunkt seines Lebens. Die Schleife hat es ihr angetan, die er nach seiner ersten Romeo-Darstellung erhielt: »Dem unvergleichlichen Romeo – Einige Verehrerinnen.«

Nun dazu ist sie doch gut gewesen, die Schleife.

Er erhebt sich, der Kleinen das Spielzeug zu holen. Zugleich nimmt er sich ein Lorbeerbüschel mit zum Wehren; denn er hat schon einige Male eine von diesem warm gehaltenen Zimmer erhalten gebliebene Fliege summen hören und von dem traumblühenden Gesichtchen verscheuchen müssen, das mit seinem zarten Schlummerduft die feinen Sinne des kleinen Vampyrs heranlockte und immer wieder herbeizog.

Nun händigte er seiner kleinen Vera die weiße Schleife ein, fest schlossen sich die putzig würdigen Fäustchen darum, und einmal beruhigt im Besitz, schlossen unter tiefem Seufzen sich wieder die zwei

Flachsblumenaugen, und das Kindlein bewegte sich wieder unter Ahnenbildern in der Traumwelt.

Vater Romeo wachte sinnend über seinem kleinen, liebeunendlichen Reiche.

So ein rosig Äckerlein der Seele das schlummerernste Gesichtlein unter hagebuttenrötlichem Flaum, in weißen wie säuerliche Sprossen duftenden Spitzenkissen fast ganz vergraben.

Wie sie beruhigt ruht mit der Schleife!

Wie erworben.

Ist das Vorbedeutung? Ob es sie nun schon hinzieht?

Sie hat so viel Lockendes, die Kunst.

Sie ist ja Leben.

Auch seine:

Aber sie verlockt.

Zu dem und jenem.

Besonders das mehr umworbene, nicht so selbst gehaltene Weib.

Aber hat das Leben nicht Gefahren?

Das Weib ist so flackernd, so für anderes! So leis und so bestimmt!

So will er es lieben, wie nur ein Vater lieben kann.

Vertrauend es hüten, sein guter Kamerad sein!

Noch einmal, wie von innen heraus über was verwundert, schlägt das Kind das Auge auf und schließt es wieder.

Das war die Mutter gewesen, wie er sie so oft im Auge seines Kindes sucht.

Sie ist wieder da. Unverloren. Stolzüberirdisch, hochgemut fühlt er ihre Unsterblichkeit. Sie ist um ihn nun.

Schon kommt der Morgen. Wie ein ungeduldiges Kind, ein Wecker. Alles muß helles, klares Geräusch machen. Der Osten ist eine zarte verschlafen fliederfrische Mädchenwange.

Ein Strauß Licht auf dem blanken braunrötlichen Schrank. Der übernächtige Mann geht hinzu. Dann nimmt er an einer Schnur einen Schlüssel von der Brust und schließt auf. Was für ein Geheimes, daß der Schlüssel nicht mit am Schlüsselbrett hängt? Lange steht er davor, der schlanke Mann, er schwankt, daß er sich an beiden Flügeln halten muß. Es war das Beet der Vergangenheit, an dem er stand: Die Florentinerhüte mit Bändern wie Mohn und Kornblumen im Getreide, lichtblaue, rosenträumerisch hauchwarme Sommerkleider, ein malvenzarter Sonnenschirm mit Spitzen. Und – wie Tau der Seele, sprengte er darüber, und die Träne entsprang wie ein verhohlener Bach, und den Mann da, der sich an den Schrank gelehnt hatte, schütterte es und mit ihm den Schrank.

Der Vater ruht. Das Reich des Gatten beginnt. Wie er so einsam ging. So ungeregt. So anders und verlacht. Fremd taucht eine Flur auf. Eine Bank. Da saß etwas. Das hielt ihn. Errötete. Eine fremde Zähigkeit, behende Kühnheit in ihm, blieb. Sonderbare Zeichen, Runen des Schicksals zieht ein Schirm – und über stummem Glück jubelten sichere Vögel.

Vera ist sein.

Nun – der Atem stockt. Über Heiligtümer schweigt (man) es, und die da das Weib zu schmähen wagen, sie die so vieler Erfahrung sich berühmen, nie haben sie es kennengelernt. Seine Verzerrung ja! Da nimmt ein Tag da, so wie er gestern noch öde und wunderlos vor stumpfen Sinnen war, ein Feierkleid um und das Höchste an von holdwehen ungründigen Zügen, beseelte Wonnen einer hehren Priesterschaft, wie ein lebendiger Altar, in dem das Opfer des Lebens gebracht wird.

Und, dann, ja dann!

Das Opfer ist gebracht. Zwei Augen sehn ihn an, hilflos-versinkend, tiefer und immer tiefer in den Abgrund hinein, und beschwören ihn so mit ihrem Fallen: »Bleibe du! Nicht nach, nicht nach!«

O daß sie ihn nicht mitgezogen da!

Doch nein! Sie hinterließ sich ja!

Daß er leben sollte, da sie starb!

Sie hatte gesorgt. Mit ihrem Tode anders ihr Leben geschenkt. Ihrer beider zusammen.

Dann ging sie.

Ein hallender, den ganzen Morgen messender Schritt auf der Straße drunten.

Nun erst sucht er sein Lager auf, wo er allein nun ruht; sie nicht ihm zur Seite, dafür aber ganz, ganz in ihm. Mit ihr schläft er ein, mit ihr lebt sein Traum.

Eine verfrühte Orgel wimmert kläglich lebenslästige Lieder. Nicht lange wird es währen, und die Klingel wird gehn, wenn auch noch vorbei an seinem späten Schlummer, und Briefe werden einlaufen, Zeitungen mit dem gedruckten Widerhall von gestern zum Frühstück sich gesellen, zum stillblinkenden, und dort seiner harren.

Und es sind viele, viele kleine zierliche Verschwiegenheiten dabei, und sie alle sind gekommen aus jungem Blut oder unerfülltem, aus seinem Spiel, um die pochende Nacht erst zu beschwichtigen, ehe die knisternden Linnen begehrsame Scheu ruhsam sich vollendender Mädchenleben in sich aufnahmen.

Doch keine von ihnen allen wohl hat ausgeharrt wie er, der sie alle erregt.

Und diese Schwärmereien wuchsen immer wieder nach, wie Blumen im Sommergarten alle Morgen nachgewachsen sind.

Er wird die Briefe finden und sie lesen, sie leiden, wie ein feiner Mensch Zudringlichkeiten erträgt, so lang sie gut gemeint und nicht gar zu plump sind, und freundlich dankend für das Interesse an seiner Kunst sie alle beantworten.

Nicht abenteuerlustig, wie wohl früher mal, nicht geschmeichelt mehr, sondern höflich für bewiesene Aufmerksamkeit. Das sind so Romeos Nächte, Vater Romeos Nächte!

Priesternächte, Weihenächte der Vergangenheit.

Romeos Leben ist abgeschlossen.

Es lebt nur noch in ihr, in ihrem Töchterlein.

Einstimmiger Beschluß

Im großen Storchsaale war Sitzung.

Der Vorsitzende, ein strammer Zehnpfünder, Klein-Machnow mit Namen, schwang die Schelle wie weiland Graf zu Stolberg.

Die ganze Watte um ihn her zitterte wie Schaum, der sich von der Brandung verflogen hat und nun wie eine scheue Mädchenseele ganz Zittern und Zagen ist.

»Abgeordneter Kleber hat das Wort.« Kleber begann: »Der Fall Dippold zeigt wieder einmal recht die innere Fäulnis der heutigen Gesellschaft.

Der muß begegnet werden, und zwar recht energisch.

Ich schlage vor und hoffe dabei, die Zustimmung des hohen Hauses zu finden: von nun an wird keiner mehr von uns zu einem Bankdirektor gehen. So erheben wir am besten Protest gegen die Infamie, daß man Kinder in die Welt ruft, um sie dann durch einen Hauslehrer wieder hinausprügeln zu lassen.

Solche Art Leute sind nicht fähig, sich Kinder zu halten.

Was Sie angeht, Herr Streber, der Sie uns nur mit der abgegriffenen Redensart zu kommen wußten: ›einmal ist keinmal‹, und es sei doch nicht angezeigt, sich durch einen voreiligen Beschluß grade die besten Stellen zu verlegen, so stelle ich Ihnen anheim, sich auszuschließen und den nächsten Bankdirektor, dessen Wechsel fällig ist, aufzusuchen; dort wird Ihnen der gelbe Onkel schon klarmachen: einmal ist keinmal. Sie aber, meine Herren, werden die Würde der Menschheit und dieses hohen Hauses besser zu ehren wissen und durch Akklamation bei diesem Beschluß mir Zustimmung zu diesem Akte ausgleichender Gerechtigkeit geben.«

Ein Sturm des Beifalls raste minutenlang, bis Klein-Machnow mit der Schelle Raum gewann für seine Stimme, und die Aufforderung ergehen lassen konnte: »Wer für den Antrag Kleber ist, möge sich erheben. Das ist die Mehrheit.

Die Gegenprobe, wer gegen den Antrag Kleber ist, möge sich erheben.«

Alle blieben sitzen, sogar Streber, was ein unauslöschliches Gelächter hervorrief.

Ein wichtiger Fund

»Ist es nicht ein Fund, ein Fund sondergleichen? Mein ganzes Vermögen hätt ich hergegeben! Der dumme Kerl!«

Und die Pantoffeln des Professors tanzen einen Kriegstanz unsäglichen Jubels, so daß der proletarische Schirm eines einundzwanzigjährigen Dachstubenpoeten Chausseestraße 98, 4. Hof, 5 Treppen links, daß der sich das feine freundliche Zimmer und den sonderbaren Herren, den er sonst nur dienstags und donnerstags von 11–12 im Collegium Maximum gesehn, mit erstaunten Blicken betrachtet. Sonst stolperte der nur jedesmal auf dem Tritt zum Katheder und legte seinen Hut so auf die Ecke, daß er jedesmal erst wieder hinfiel: »Meine Herrn! Das letzte Mal ...«

Und nun diese Luftsprünge!

Um dieselbe Stunde ging ich hin und atmete noch einmal die warme Luft des Lebens, die von allen konfektionösen Achs und Os, von allem Geflüster junger Kommis zitterte, wie ein Herz, das sich erschließen will, und plumps – lag ich im köstlichen lauen Goldfischteich, jener klassischen Stätte, den lebensmüde Berliner mit jener Vorliebe aufsuchen, die die Athener zum Feigenbaum trieben auf dem Acker des Timon. Im Versinken hörte ich noch, wie alle Paare erschreckt auffuhren, und eine Stimme rief: »Schutzmann, Schutzmann!« – ›Kinder, regt euch doch nicht auf meinetwegen!‹ dachte ich noch, und dann war alles köstlich weich und dunkel, Sterne wollten darin sich anstecken, sie dehnten sich, strengten sich an – es ging nicht.

Der Professor hatte sich gut freuen.

Freuen, wie der Student, der junge Dichter, der seinem Professor in Zerstreutheit nichts nachgab, dabei aber besser fortkam.

Ich hatte in der Vorkosthandlung, wo ich mir meinen Alten Mann und meine Zwiebelwurst 2. Qualität zu erstehen pflegte, ein Tagebuch abgegeben und dem Besitzer empfohlen, dieses Buch in einer Sauerkrauttonne unten hin zu legen und dann etwas Magdeburger Weinkraut darüber zu packen, wie's der Herr Professor zu Rebhuhn liebte. Nun war die beste Zeit, und Samstag war der Tag. Heute nacht würd ich ganz sicher berühmt werden.

Morgen abend 7 Uhr 15 sollte er der Köchin des Professors sagen, er hätte auf dem Boden eines Sauerkrautfasses ein Buch gefunden mit der Aufschrift: Kladde meines Lebens von einem Dichter, der heute nacht 11 Uhr sich die Ehre geben wird, coram natione germanica sich in den Goldfischteich zu stürzen.

Unter hundert Mark sollte ers dem Herrn Professor nicht ablassen. Der Mann sah mich zweifelnd an.

»Nun machen Sies nur; schaden kanns nicht, Sie werden schon sehn.«

Ich sah meiner Zeit die strahlende Freude des Mannes, als die Köchin sofort wiederkam und den Hundertmarkschein mitbrachte, den sie gegen das Buch dem Vorkosthändler aushändigte. Sah auch die Freude, mit der ein Freund und Landsmann, der cand. chirurg., mein Gehirn so vorsichtig und schwellender Erwartung voll wie das Gewand einer Geliebten hob, wie auch er jauchzte, als er die herrliche Wucherung im pons Valerii Vanoli fand und die quergelegten Rillen meiner braunschwarz angelaufenen Fingernägel damit verglich. Ein wahrhaft instruktiver Fall!

Eine famose Dissertation für einen zweiten Freund, den künftigen Privatdozenten, den cand. Psychiatriae, der sich im Anschluß an Lombroso auf die heute in der Kritik mit Recht so beliebte Genialpathologie geworfen hat und in Psychographie Hervorragendes leistet.

Und der gute Professor, die germanistische Zierde der Alma mater, bei der ich so manches Kolleg geschunden, da das überfüllte Maximum keine Kontrolle kannte, der gute Professor Dr. Seidenraupe, ach, hatte der erst eine Freude.

Er achtete nicht, als das Weinsauerkraut auf seinen Teppich triefte, daß Frau Professor schalt. Er hatte seine große Tat, sein Lebenswerk. Vierundzwanzig Bände hat er noch über diese jämmerliche Kladde eines Lebens geschrieben, bis er über dem vorletzten Worte des letzten Satzes die fleißigen Augen schloß. Der Satz aber hieß: So ist sie auch diese problematische Natur, von der man sich noch so mancher schönen Gabe hätte versehn dürfen, vor der Zeit von hinnen …

Ein anderer Professor ergänzte mit ungewöhnlichem Scharfsinn den Torso und schuf damit noch einen 25. Band dieses monumentalen Werkes.

Mit wie wenig kann man doch manchem eine Freude machen, so man sich nur zu rechter Zeit zu opfern versteht.

Mit so einem Quark wie ein verpfuschtes Leben!

Vivat sequens!

Die Beiden

(Ein Gespräch aus dem Jenseits)

GOETHE Wie mich das freut, lieber Freund, daß Sie mir heut einige Ihrer wertvollen Stunden widmen wollen. *Zum Diener Engel:* Eine Flasche zweiunddreißiger Johannesberger Schloß! Mein Geburtstagswein.

SCHILLER: Das ist er in der Tat.

Diese Perlenmelodie! Ganz wie Ihr »Fischer«.

Ein Sonnenlied innig zart.

Überhaupt Ihr Lied! Ich wüßte nicht seinesgleichen.

Eine Welt von Duft, von Feinheit, die Dinge innig zart gestaltender Macht, Geist des Goldes und ein verklärt suchendes Wittern, Schelmerei wie von Geisteskindern, einer Braut Seelenbeben in Wonne und Warten.

Sie, glückliches Weltkind, haben den Horizont aufgestoßen wie ein Fenster, das der Mai aufdrückt, und sehen so viel weiter als wir dunkeln Sucher.

Sie, der einzig wirkliche Alchimist!

Ich, mein Wallenstein, abergläubisch zugetan, ewig getäuschte Goldmacherei.

So plump und täppisch.

GOETHE: Freund, wie Sie sich wieder einmal zu verkennen wissen! Durch Ihre gestaltenden Worte erst geben Sie mich mir selbst.

Ich fühle mich sonst gar nicht, finde mich so gar nichts, merke mich gar nicht, bin mir so gar nichts.

Und Sie, wo ein Aufbruch ist, wo purpurbäumend ein Sturm sich aufmacht, prächtig-fordernder lodernder Geister.

Da ist die tiefe Blut- und Feuerfarbe Ihrer reich wallenden sturmgrüßenden Worte, Ihr Sammelzeichen. In Ihrer freien weiten Besonnenheit wissen Sie zu führen wie kein anderer die Jugend, die Jugend der Völker. Gewiß, mir ist es gegeben, Menschen zu bilden wie meinem Prometheus. Aber es sind stille Menschen nach meinem Bilde. Einzelne.

Sie wissen zu scharen, sei es Empörung, sei es umschlungene Millionen, dieses stürmisch Aneinanderwirbelnde, ist das nicht etwas?

Bei Ihnen würde ich Burgunder trinken.
Und die großen Männer!

Der Wein kommt.

So, nun auf Ihren Bismarck.
Das ist so recht ein Held für Sie.
Dieser Wallenstein des neuen Deutschen Reiches.
Dieser Ase am grünen Tisch.
Das wird Meisterwerk.

Eckermann klopft an, tritt ein, will, als er Schillers ansichtig wird,
wieder gehen.

GOETHE: Bleiben Sie, lieber Freund! Sie gehören mit dazu. Was wäre
ich ohne Sie?
Sie erst machen mich professorabel.

Engel geht, noch ein Glas zu holen.

Treue

Wie eine Rumpelkammer für Welträume sah es aus in der Höhle.

Da war als neueste Errungenschaft ein Mensch, der war so wenig einig mit sich selbst, daß sogar seine Beine vor einander flohen.

Da ist so viel Schweißiges, Mürrisches darin. So vergilbt.

Wie ein Leben, das man so Jahr auf Jahr hinschleppt, wenn man einander nicht ausstehen kann.

Aber da ist so allerlei darin zurechtgeschwollen, und wenn mal Licht kommt und neugierige Menschen unter den Fackeln mit ihrem Stock an die Kämme schlagen – es klingt wie eine starke Saite –, dann sehen sie noch eins so süßlich aus und böse, daß sie sich sehen müssen, und möchten sich kratzen und schneiden, wenn sie dabei nicht aus dem Bösen, Schweren heraustreten müßten, das ihnen doch das liebste bleibt.

Und den Fremden, diesen Schafsköpfen, gefällt das noch.

»Hier, meine Herrschaften, haben Sie Blumenkohl. Da Gardinen. Sehen Sie mal, wie natürlich.«

Und er berührte die dünne, gelbgraue Falte, daß es ihr durch Mark und Bein ging und einen langen klagenden Ton gab.

Der Aufseher leuchtete mit der Fackel in eine finstere Ecke hinein und gab auf das Widerstreben, auf die Grimassen der nun zunächst bedrohten Gebilde so wenig acht wie ein Geheimpolizist, der ein Opfer sucht und über die dichtgedrängte Schläferschaft einer Herberge hinleuchtet.

»Hier, meine Herrschaften, der Wasserfall.

Das die Orgel.

Sehen Sie mal die Pfeifen.

Da Adam und Eva.

Und das große Gebilde da ist der Dom.

Nein, hierher müssen Sie treten, meine Gnädige, nicht wahr, machtvoll?«

»Und hier«, der Führer machte eine lächelnde Pause, wie um etwas Angenehmes zu verschlucken, »hier ist das Dukatenmännchen.«

Die Damen suchen zu erröten, soweit sich dies bei dem unebenen Boden machen ließ und bei dem unsicheren Lichte zur Geltung kam.

Der Führer aber brach mit dem Gewagten die Erklärung der Höhle ab, stellte sich an den Eingang, wo er sehen konnte, wieviel jeder gab, und machte seine Hand zu einer Höhle für Trinkgeld.

Nun war alles wieder dunkel und still. So still, daß die Sprache der Höhle wieder vernehmbar wurde, nun nach der Störung durch die Menschen.

Und das Zischeln ging los, das bald weich wie Schluchzen klagte, bald scharf schnitt wie Hohngelächter.

Gebundenheit, Hölle. So häßlich gedunsen sein und sich ansehen müssen macht böse.

Am meisten aber ärgerte man sich über das Brautpaar, das liebte nun schon seit zehntausend Jahren darauflos und kam sich immer näher.

Nun berührten sich die beiden Finger des Stalaktiten von oben und des Stalagmiten von unten, der Ring der Vermählung glitt darüber. Der denkwürdige Augenblick ist da, die Freude der Sehnsucht ist erfüllt und die Liebe gewachsen »recht wie ein Palmenbaum über sich steigt«.

Die häßlichen Fratzen aber trösten sich: nun haben sie nichts mehr zu hoffen, so werden sie bald sein wie wir und sich auch ärgern über das, was dann geschieht.

Banger Traum. Karma

Das ist vollzogen, Basalt. Geronnener Ursturm. Gegend fremdeigen. Rötlich umbuscht, bestimmt, fernzitternd Geleise eines Waldwegs. Wohin? Das soll Kindererde sein. Heimat. Mehr als die besondere Heimat. Die Besuchsheimat, meines Vaters Dorf. Ein Etwas folgt mir. Ein Ochse vermutlich. Stumm. Mein Ahnen spürt Hörner über der Beuge.

Ein Kärrnerfuhrwerk. Breitachsig vertraut, ein Ungefähr, ein mitbekannter Heimatling.

Das sichert.

Und ich sehe mich um, angemutet. Und dieses lange Untier hinter mir, ein erster tiefer Blick überzeugt mich: es ist kein Ochse. Eine Kuh.

Und Kühe ruhen. Sehr lange Kühe. Ruhende Vorgebirge, sage ich, immer dichterisch.

Und dann bin ich wo zu Haus. Zugleich wohl. Wenn der Geist allein zu Hause ist, der Weltumtaster.

Ja, der Weltumtaster.

Diese Stube, hell schräg. Und so ungewohnt. Mein Zimmer. Mein Ich. Aber fremd so. Fremd umkrustet, eingekrustet. Undurchbrechbar.

Eine dunkle, schwertiefe Umhausung, eine Seelengefangenschaft, eine Hineingeronnenheit aus einer langsam wild seltsam verlorenen Wunderseele.

Und keine Tür. Eine verdeckte, langsam erworbene Enge. Bewandtheit, Beengtheit; wie helles Glas. Sogleich setzt braun, neu deutlich, regelgliedrig eine Treppe an. Hinab. Fenstergebälk, frisch, eng, bestimmt.

Kinder. Zwei wohl. Eigene. Mit sich beschäftigt in Kleidern die Hausfrau.

Um mich so ein fremdspöttisch kluger, anders urteilender, feiner, kleiner Vetter mit spitzer Sprache. Die können so gucken, die sind nah dazu und weit genug. Der erklärt mich hinein im Zwang, wo er frei zu Hause, wo ich mich gewöhnen muß.

Und meine Schuhe. Groß. Gelbbraun. Staubiges Leder. Wie Heide sieht es heraus.

Nun sehe ich auf die Sohle. Die fehlt ganz.

Und wichtige Schriften von mir überall. Kinder haben damit gespielt. Zerrissen. Was mag wohl noch da sein davon.

Das drängt müde, bewegt sich auf mich zu von allen Rändern. Ich bin verdammt. Ich dränge und hebe mich auf und presse ein Gebet gegen die Decke – und bin noch in der Wirklichkeit, die noch nicht geronnen, der noch immerhin irgendwie gestaltbaren Wirklichkeit.

Das Recht der Kindheit

Ein Mahnwort

Die Kindheit soll aus eigenem Rechte da sein. Nicht bloß geduldet. Sie soll nicht von den Begriffen vergewaltigt werden, den greisen Begriffen.

Neid macht Vorschriften.

Schwäche, die nicht mehr genießen kann, verbietet.

Die Kindheit ist ein Kundschafter, den die ratlose Menschheit voraufsendet, um einen sicheren Lebensgrund zu erspähen. So müssen wir sie sich selbst überlassen, ihrem Lebensinstinkt, der von Verrohung und haltungsloser Alberei wohl zu unterscheiden ist. Wie die Brieftauben müssen wir die Kinder auffliegen lassen.

Ist nicht in ihrem Spiel und ihrer Munterkeit, in ihrer ahnend, tiefen Lebensvermutung, in ihrem lebenswarmen, frischen Irrtum, der die Dinge so viel besser trifft, wie manche trockene Wahrheit, ist erst da einmal das Leben auf Erden recht eingezogen, da wird es nicht mehr so kraus aussehen auf Erden, da wird nicht mehr so viel gestochen werden, da bricht niemand mehr vor seiner Zeit zusammen, da wird's nicht mehr so frech und so vergrämt aussehen darauf, so ergrimmt und so leidend.

Wir haben das Leben noch nicht so recht in die Hand bekommen, deshalb fassen wir es so ungeschickt, sind wir so unglücklich, so unruhig, so friedlos und ungebärdig.

So haben wir armen, vom Leben vernachlässigten Erwachsenen, so haben wir also gar kein Amt bei den Kindern? Können die alles besser?

Nicht doch: die Beobachtung, die übersichtliche Beobachtung dieser schönen, taufrischen Welt ist unser Vorzug, der bewußten Erwachsenen. Das Kind stürmt dahin, fröhlich unbewußt.

Nur nicht Erziehung im alten Sinne, die eigentlich Verziehung ist, Verzerrung sogar.

Nur beileibe keine Änderung, keine Vorschrift!

Entdecken wir das Kind!

Die größte Entdeckung, die noch aussteht, ist ein wahres Kinderspiel. Sie erfordert keine unerhörte Kühnheit, nicht den heroischen Vorsatz, mit allen Gefahren und Entbehrungen es aufzunehmen: sie ist keine Nordpolfahrt.

Wohltäter Wein

Scherzo

Du folterst die Traube,
Es lacht der Wein.

Das lustige Vieh schlug auf der Weide seine Purzelbäume, die Störche
zogen gravitätisch über die Fluren hin und ließen ihre roten Beine dabei
träge herunterbaumeln. Faule Hirtenbuben und wandernde Zigeuner
lagerten rechts und links und blickten nur verwundert auf, wie wir in
den frischen, goldigen Morgen so dahinsausten, kurz, es war so ein
rechter Wandertag.

Draußen auf der Plattform des Eisenbahnwagens stand ich und ließ
mir den frischen Morgenwind lustig um Gesicht und Haare wehen.
Was war natürlicher, als daß ich da anfing zu singen?

»O Täler weit, o Höhen!« –

»Es wäre besser, Du hieltest Deinen Schnabel, Du Narr!« tönte da
plötzlich eine verdrießliche Stimme zum Fenster heraus. Es war mein
Freund Przybiczewski, der also sprach.

»Warum soll ich denn nicht singen?« gab ich ihm ärgerlich zurück.

»Weil's dummes Zeug ist. Wo sind denn hier Höhen?«

Er hatte recht. Ich schwieg verstimmt; die deutsche Poesie wollte
hier wirklich nicht passen. Noch nicht einmal eine Lerche hob sich in
die Lüfte.

Endlich schrammte der Zug in den Bahnhof. Unbekümmert um alle
die bärtigen Gestalten, die in ihren Schaffellen und ungeheuren Pelz-
mützen herumlungerten, stiegen wir aus und eilten nach der rumäni-
schen Kreisstadt.

Über merkwürdig schöne Anlagen, in denen ein riesiges Schwein
mit einer Herde junger Ferkel promenierte, führte unser Weg. Mein
Begleiter knurrte immer mürrischer. Endlich gelangten wir an eine
unheimliche Baracke, und ich klopfte zum Grausen des Hypochonders
so urkräftig an die morsche Türe, daß das ganze Gelaß wackelte und
aus den Fugen zu gehen drohte.

»Holla, alter Schlom!« – Keine Antwort.

Ich klopfte immer stärker, und mein Freund knurrte immer lauter. Schließlich schob sich vor ein verblindetes Fensterglas ein uraltes verknöchertes Gesicht mit spärlichem, rötlichweißem Barte und langen Löckchen vor den Ohren, zwei stechende Augen spähten boshaft und zornig. Im nächsten Augenblick jedoch raschelte es drinnen; es schlurfte über den Boden wie von zwei trägen Beinen, und ein Riegel wich. Schlom hatte mich erkannt.

»Gott der Gerechte!« schrie er. »Was heilloses Wesen macht der gnädige Herr! Wollen Se mer zünden an meine armen Bajes?«

»Wo ist der Gefangene, Jude?« schrie mit überraschender Lungenkraft mein Freund Mißmut den verdutzten Alten an.

»Der Gefangene? Was schmußt der gnädige Herr von Gefangenes?«

»Hurtig, alter Sünder!« rief ich dazwischen. »Das Licht geholt und mir nach!«

Ich hatte nämlich meinen Freund bei seinem glühenden Empfinden für alles Unterdrückte gefaßt und ihm von einem wegen seiner lauteren Gesinnung Eingekerkerten erzählt, den wir befreien wollten. Nur so bekam ich ihn mit.

Zitternd zündete der Jude, von meinen schrecklichen Blicken geängstigt, ein Lichtstümpfchen an, und ich ging auf eine Falltüre zu, hob dieselbe auf, deutete ihm vorauszugehen, und wir stiegen in einen niederen, dumpfigen Keller hinab.

Meinem nervösen Begleiter stiegen die Haare zu Berge. »Der Schuft, der rothaarige Wüterich«, schimpfte er in einem fort, »in dieses finstere schauderhafte Loch ein Menschenkind zu bannen! Hoffentlich sehe ich Dich heute noch baumeln, Du Seelenverkäufer!«

Schlom zitterte an Armen und Beinen und flüsterte mir zu: »Gott meiner Väter, ist der schöne Herr meschugge?«

Ich aber hatte meine helle Freude an dieser Konfusion und tappte in den Keller, um dort mit meinem Freund die Polenfrage zu lösen. Denn was der Kanzler drüben im deutschen Reich gegen die Polen sündigte, ich mußte es in Rumänien ausbaden.

Immer ungenießbarer ward mein Freund, immer vergiftender seine Blicke.

In einer Ecke begann ich zu wühlen und holte aus dem verbergenden Sande eine Flasche hervor, dann noch eine und noch eine – ungefähr sechs. Der Jude ließ mich ruhig gewähren; aber Prczybi, so wollen wir ihn der Abkürzung wegen von nun ab nennen, stand da und wußte nicht, was das bedeute. Ich steckte ihm eilends zwei Flaschen in die Rocktaschen, nahm selbst die übrigen und stolperte wieder die verfallene Treppe hinauf ans Tageslicht. Dort warf ich dem Juden drei Dukaten hin, die er prüfend auf seinen Krallen wog und von allen Seiten genau beäugelte.

»Gott segne Euer Gnaden«, schnurrte er mit verschmitztem Schmunzeln; »Sie sind vollwichtig ohne Schnitt. War mir e große Fraid, zu sehen und zu bedienen zu därfen den gnädigen Herrn. Kein Mensch in der Walachei weiß zu schätzen mein kostbares Tajin (Wein), als Euer Gnaden.«

»Alte Nachteule«, gab ich zur Antwort, »werde noch nicht versammelt zu Deinen Vätern, sie werden keine große Sehnsucht nach Dir haben, aber wenn Du doch durchaus so arges Heimweh haben solltest nach Abrahams Schoß, dann laß mich's vorher wissen.« – – –

Draußen vor der Stadt wußte ich ein lauschiges Plätzchen. Ein Wiesental mit murmelndem Bach und schattigen Büschen; dazwischen einzelne alte, hohe Bäume mit laubigen Kronen, und auf der einen Seite – ein seltenes Ereignis – ein steil emporsteigender Hügel. Dort stand einsam ein Häuschen mit deutschen Bewohnern, und neben dem Häuschen war ein niedliches Gärtchen, und in dem Gärtchen eine prächtige Laube. Hierher hatte ich den noch immer schimpfenden, menschenfeindlichen, tief unglücklichen Prczybi geschleppt, ohne ein Wort auf alle seine schweren Vorwürfe zu erwidern. Nur als er die so gewaltsam ihm aufgebürdeten Flaschen von sich werfen wollte, weil sie ihm mit ihren langen Hälsen vorwitzig aus den Rocktaschen schauten und er sich darob vor den Leuten schämte, nur da tat ich Einrede, so zornig, daß er sich geduldig fügte.

»So«, sprach ich, als nun sämtliche Flaschen der Reihe nach da standen, »jetzt ist er befreit, unser Gefangener. Ich präsentiere Dir hier einen Landsmann, den ich soeben aus dem Kerker erlöst habe; denn in diesen Flaschen – Achtung und Hut ab! – schlummert das edelste Gewächs auf Gottes Erdboden – ein echter Rheinwein!«

Prczybi machte ein sehr einfältiges Gesicht bei dieser begeisterten Ansprache und zuckte mit den Achseln.

»Du zweifelst, Thomas? – Höre die folgende wahre Geschichte! Einst kam ein deutscher Graf in dieses Land gezogen, weil ihn die Heimat arg verdroß; er war ein Menschenfeind geworden und wollte hier im fernen Walachenlande ungekannt leben und unbeweint sterben. Er hatte sein Schloß für so und soviel Fässer edlen Rüdesheimer Weines hingegeben, als er noch glaubte, im Leben austrinken zu können. So trank er Tag für Tag bis an sein Ende. Als er starb, fand man noch ein schmächtig Fäßlein bei ihm, das er, gewiß zu seinem großen Leidwesen, nicht mehr hatte leeren können, und Schlom, der Jude, hat es um einen Spottpreis erhandelt. Als ich eines Tages in diesem Städtchen, meinen Durst an Dreimännerwein stillend, nach einem Labetrunk vom Rhein leise seufzte, klopfte mir jemand von hinten auf die Schulter; ich wandte mich um und schaute in das gelbe Gesicht eines rothaarigen Alten, der mit funkelnden Augen zu mir sprach: ›Will der gnädige Herr trinken Wein vom Rhein?‹

Ich nickte natürlich.

›Ich tue zwar nicht mehr machen Geschäftchen, die macht der Laibel, mein Sohn, aber ich habe noch in mein Keller vergraben so einige Stickle, was werden machen Fraid meinem gnädigen Herrn.‹ Und dann erzählte er die Geschichte.

Was tat ich? Ich kam, sah und – trank. Jetzt weißt Du, was es mit meinem gefangenen Landsmann auf sich hat.«

Währenddessen hatte ich die erste Flasche vorsichtig entkorkt und goß nun den köstlichen Inhalt ehrerbietig in die bereitstehenden Gläser. Mein Glas hob ich dann prüfend und schaute durch die goldige Welt.

»Siehst Du«, sprach ich bewegt zu meinem trockenen Gegenüber, »wie tief golden das glänzt? Kein Schimmer von Grün, denn das wäre Moselwein. Am grünen Schimmer erkennt man nämlich allsogleich die Mosel. Da fällt mir jener Spruch ein, den ein Weiser der Vorzeit auf Rhein und Mosel gemacht; es sind zwei miserable, aber schöne Verse:

Vinum Mosellum est omni tempore sanum
Vinum Rhenense rex est et gloria mensae.

Zu deutsch etwa:

Der Jungfer Mosel Wein
Tut wohl zu jeder Zeit,
Wein vom Vater Rhein
Ist des Tisches König,
Seine Herrlichkeit.

Nun nimm Dein Glas zur Hand, mein treuer Freund, nimm zugleich all' Deinen Verstand zusammen und stoße mit mir an! Das erste Glas dem Strom, an dessen Ufern er gewachsen ist: es lebe der Rhein!«

Ich leerte das ganze Glas bis auf die Nagelprobe mit einem Zuge, und er durchströmte mich wonniglich, der edle goldklare Trank. Aber Prczybi nippte nur und murmelte trotz des feierlichen Momentes verdrießlich: »Was er nur immer mit seinem Rhein so groß zu tun hat? Als ob es anderwärts gar keinen Fluß mehr gäbe!«

»Nun, zum Beispiel?«

»Zum Beispiel in Polen.«

»Und das wäre?«

»Brauche ich sie erst zu nennen, unsere herrliche Wislica?«

»Wislica, hahaha! Das heißt man bei uns Weichsel, und daher kommen die Weichselzöpfe, haha!«

Mein Freund fuhr entrüstet auf, seine Zornesader schwoll mächtig an. Ich aber drückte ihn sanft nieder auf seinen Sitz und sprach begütigend:

»Nun ruhig Blut, mein tapfrer Patriot! Ich will Dir sogar nächstens ein Gedicht auf Deine Weichsel machen, wenn ich nur außer ›Teixel‹ erst noch einige andere Reime aufgestöbert habe. Sagen wir für jetzt: Es lebe Polen!«

»Bog bocze Polska! Gott schütze Polen!« rief er mit Begeisterung und stürzte das ganze Glas hinunter.

»So lieb' ich mein Polen,« sprach ich zufrieden, »jetzt aber hört das Massentrinken auf. Nein, Stacjo, wir trinken edlen Rheinwein, und den muß man deutsch trinken, nämlich kleine, aber beharrliche Züge, langsam, bedächtig und sinnig, kurzum mit Verstand und Andacht! O, sauge diesen köstlichen Duft durch Deine profane Nase! Ist es nicht wie ein Wohlgeruch von Rosen, Veilchen und Jasmin?«

Er roch am Glase und sprach trocken: »Nicht übel, man muß es sagen.«

»Was, nicht übel? – O du Barbar! Nicht übel nennt er, was der ernste Kenner nicht erhabener auszudrücken vermag, als durch das bedeutungsvolle Wort: Blume! Ha, in der lauen Sommernacht, wo die Johanniswürmchen als strahlende Juwelen der Liebe im Grase liegen, und die Leuchtkäferchen feurige Linien durch das Dunkel ziehen, wo der Weinstock Millionen feiner, niedlicher Blütenkelchlein aufgeschlossen hat, und dann der Wanderer einsam auf taufrischen Pfaden durch die sanften Rebengelände dahinschreitet: dann wogt es um ihn lind wie Paradiesduft, und er ahnt den edlen Saft, der schon in der Geburt so verschwenderisch von seinem Reichtum so nutzlos vergeuden darf. Denn soviel er damals ausgeströmt, er hat noch immer des Duftes die Fülle; er bleibt ewig jung, hat immer seine Blume. Und das nennt *der*: ›nicht übel‹!«

Ich war wirklich recht empfindlich über seine Unempfindlichkeit und schmollte. Das ging ihm doch zu Herzen, und er bat um ein frisches Glas.

»Ei, so gieß Dir selber ein, wenn er nicht übel ist!« gab ich verdrossen zur Antwort.

Er nahm die Flasche zur Hand, aber am Halse, wie ungeschickt! – Man sah ihm an, daß er nicht vertraut war mit deutscher Trinker Art. Die Flasche wurde leer, und er stellte sie gleichgültig bei Seite.

Da konnte ich mich nicht mehr länger bezwingen. »Halt«, rief ich, »was glaubst du denn, vor dir zu haben? Etwa Grüneberger Rambaß?«

Ich legte die leere Flasche zärtlich der Länge nach auf den Tisch. »So muß sich Tropfen zu Tropfen von den Wänden rings gesellen. So ist es Brauch, wenn echte Trinker zechen.«

Er lachte – heute zum ersten Male.

»Wenn Du wüßtest, wieviel Tropfen sauren Schweißes auf einen Tropfen süßen Rebenblutes kommen, wahrlich, Du würdest nicht so freventlich lachen«, tadelte ich.

Prczybi trank jetzt beharrlicher, anfangs, um mich zufrieden zu stellen, und nachher, um sich zufrieden zu stellen, und ich tat ihm selbstverständlich Bescheid. Aber gesprochen wurde lange nicht. Endlich begann er, und es war ein Ereignis, wie er begann: »Weiß Gott, dieser Stoff geht mir durch alle Glieder in das Herz, mir wird so wohlig und warm in allen Ecken! – Aber was hast Du denn immerfort in dein Glas hineinzustieren?«

»Tu' ich das?« gab ich zur Antwort. »Dann ist es die verwünschte Poesie, die in diesem Trank ist. Ich sehe da einen Menschen, und dieser Mensch bin ich. Ich stehe auf einer luftigen Höhe und schaue weit hinaus in das Land, Nebel ziehen vorüber. Da rauscht zu meinen Füßen der grünwogende Rhein; ferne schimmert das goldene Mainz mit seinen Türmen, unten ziehen die Schiffe mit bunten Wimpeln, die im Morgenwinde lustig flattern – und jetzt beginnen im Städtchen dort die tiefen Glocken zu läuten, darauf geben andere im Tale Antwort, und endlich läuten alle zumal, wohl an die hundert eherne Zungen, die zu meiner Seele sprechen. Dazwischen jubilieren die Lerchen immer höher in die duftige Bläue empor – o selige, wonnige Zeit! – o Maienmond am Rhein!« In Erinnerung verloren, senkte ich das Haupt, und eine Träne fiel in den Wein.

Das ging meinem Prczybi zu Herzen. »Bruder«, sprach er und schlug einen Arm um meine Schultern, »sei doch nicht so närrisch! Da, trink aus, es ist ein köstlicher Stoff. Trink! Ich kann Dich nicht so sehen.«

Ich trank, er trank – wir tranken mehr, immer mehr. Mein Kumpan wurde zusehends fröhlicher, und ich? –

»Peter, verrückter Kauz, bist Du denn heute ganz behext? Du schaust ja wie verzückt, und Dein ganzes Gesicht leuchtet!«

»Wirklich? – Dann ist es die Musik, die der Wein macht. Hörst Du denn nicht, wie es da drinnen wundersam und lieblich klingt? Ach ja, Du hast ja nie dort gestanden – dort, dort auf dem alten Ehrenfels am Rüdesheimer Berg, wo so ein köstlicher Boden ist, daß jede Scholle mit Silber aufgewogen wird. Hei, wie sie da lustig ausziehen, um sich die edle Gottesgabe heimzuholen im Herbst! Jetzt eben ist die Zeit, da wehen die Fahnen im bunten Zuge; die Winzer und ihre vollen Bütten sind bekränzt mit grünen Reisern, die Hörner schallen, die Böller krachen durch die Berge, und Burschen und Mädchen singen so frisch und frank aus der Kehle, daß es ferne über den Rhein dahinschmettert bis an den Rochusberg, auf dem die Kapelle steht und weit ins Land hineinschimmert durch den ganzen Gau. Von Bingen her, gleich zierlichen Schwänen, kommen die Nachen gezogen, die weißen Segel vom Abendwinde gewölbt, und die Schiffer geben Antwort auf das Singen am Ufer, so daß das Echo durch die Berge fährt und an alle Felsen stößt. Ist es aber dunkel geworden, dann flammt es auf den Höhen; die Martinsfeuer lodern und funkeln von den alten Burgen ins weite Tal, und alles jauchzt vor Lust –«

»Schweig' still mit Deinem Rhein!« unterbrach mich hier Prczybi. »Aber ein herrliches Land muß es dennoch sein; man merkt es an diesem unvergleichlichen Tropfen. Wahrhaftig, ich möchte das Zauberland sehen, wo er gedieh.«

»Ja, wer sie wieder einmal sehen dürfte, die paradiesische Au, von dunklen Wäldern beschattet! Die jähe Felswand, in der stillen Flut gebadet, und auf der Krone das graue Schloß und

›Hoch auf dem alten Turme
Steht des Helden edler Geist,
Der, wie das Schiff vorübergeht,
Es wohl zu fahren heißt, –‹«

Prczybi sprang begeistert auf. »Ein Hoch dem Land und seinem treuen
Volke!« so rief er, und die Gläser gaben guten Klang. –

Wir waren allgemach zur letzten Flasche gekommen und hatten über
unserem Reden und Trinken nicht bemerkt, daß wir schon geraume
Zeit hindurch der Gegenstand neugieriger Beobachtung waren. Einige
Müßiggänger hatten uns aufgestöbert und lugten durch die Laube herein.
Sie mußten wohl recht verwundert sein über unser närrisches Treiben;
denn erschrocken fuhren sie zusammen, als Prczybi sein »Hoch« mit
fürchterlicher Stimme hinausschrie. Ich winkte ihnen, nur näher zu
kommen, und sie gehorchten etwas zögernd.

»Domnule«, fragte einer der dunkelhaarigen Wallachen, indem er
auf die Gläser deutete, »ce este acesta?« Herr, was ist das? »Este auru
cu foc!« Es ist Gold mit Feuer!

Sie sahen sich zweifelnd an. Aber Prczybi nickte bestätigend und ließ
sie den edlen Wein kosten.

»E adevărat!« Es ist wahr! sprach der Vorige wieder mit langem Zö-
gern; er hatte keine Ahnung von solchem Gewächs gehabt. »Wollt Ihr
wissen«, nahm ich das Wort, »wie das Gold da hineingekommen ist?
– Seht, weit, weit von hier fließt ein großer, stolzer Strom; an dem
Strome steht ein uraltes Gemäuer, daß war früher ein herrliches Schloß
und hieß Ingelheimer Pfalz. Dort wohnte vor tausend Jahren der große
Kaiser Karl, der hat den Weinstock an den Strom gepflanzt. Jetzt haust
er noch dort, aber tief unter der Erde in einem Kellergeschoß, wo er
bei Lebzeiten seinen Wein barg. Alljährlich in der ersten Maiennacht
steigt er da herauf, und soweit nur Reben wachsen, zieht er den Strom
aufwärts und nieder und segnet seine Reben und segnet seinen Rhein.
Dann regt es sich tief unter dem Flusse und in dem Schoß der Berge,
und viel tausend Bergmännlein steigen emsig empor und streuen mit
vollen Händen das Gold in die Wurzeln der Rebstöcke, das sie da unten
Jahr für Jahr graben. Wenn der Morgen graut, ist alles wieder verschwunden. Aber alsdann kommt die liebe Sonne mit ihren durchdringenden
Strahlen und kocht das Gold im Fluß, so daß die Stöcke es in sich

hineinsaugen und in die Trauben sickern lassen. Daher kommt es, daß, wenn man den Wein trinkt, man Gold und Feuer trinkt, auru și foc.«

Die guten Wallachen machten große Augen und schüttelten ungläubig die Köpfe. Offenbar zweifelten sie an meinem klaren Verstande.

»Laß sie, Bruder«, meinte Prczybi gerührt. »Sie haben keinen Funken von Poesie im Leibe, die Wichte! Sie werden Dich nie verstehen! Weißt Du denn gar kein lustiges Lied auf diesen Wein, daß wir doch etwas Vernünftiges beginnen?«

O Wunder über Wunder: Prczybi und singen! Stets hatte er bei der ersten Note, mit der ich mich herauswagte, die Stirne in Falten gezogen, und jetzt will er singen!

»Freilich«, lächelte ich, »Lieder die schwere Menge!«

Und wir sangen, daß es lustig durch die Baumwipfel hallte; der Wein ging zur Neige, da stellten wir uns in Positur, jeder sein gefülltes letztes Glas in der Hand, und es war kurios, im Wallachenlande erschollen folgende drei Strophen:

Bekränzt mit Laub den lieben vollen Becher
Und trinkt ihn fröhlich leer.
In ganz Europia, Ihr Herren Zecher,
ist solch ein Wein nicht mehr.

Am Rhein, am Rhein, da wachsen unsere Reben,
Gesegnet sei der Rhein!
Da wachsen sie am Ufer hin und geben
Uns diesen Labewein.

So trinkt ihn denn und laßt uns allerwege
Uns freu'n und fröhlich sein;
Und wüßten wir, wo jemand traurig läge,
Wir gäben ihm den Wein.

Prczybi schlug sich da plötzlich vor die Stirne. »Wo jemand traurig läge«, wiederholte er, »was wir doch für vergeßliche Leute sind! Wir wollten ja auch heute einen Betrübten trösten.«

Denn das hatte ich als zweiten Teil unseres Reiseprogramms angegeben.

»Wahrhaftig«, sagte ich lachend, »aber ich kann ihm nicht mehr helfen, es ist zu spät.«

Prczybi war froh und heiter geworden wie ein unschuldiges Kind. Er plauderte in einem fort, bald vom Rhein, bald von seiner Wislica: Beide gleich ihm ans Herz gewachsen. Es war doch eine wundersame Medizin gewesen, dieser edle Wein.

Ich ließ ihn plaudern, wie er mochte. Durch meine Seele aber zogen alle Lieder der Reihe nach, die man am Rheine singt.

> »An den Rhein, an den Rhein, geh' nicht an den Rhein,
> Mein Sohn, ich rate Dir gut ...«

Da war's aus. Da rieselten mir die Tränen in meinen Bart herab, und seltsam! Obwohl ich seit langen Jahren des göttlichen Homer Gesänge nicht mehr zur Hand genommen, dennoch tauchte in diesem Augenblicke der unglückliche Odysseus vor mir auf, der sich vor Heimweh verzehrte und sich zum Sterben sehnte, nur den Rauch aufsteigen zu sehen aus den Hütten seiner heimatlichen Fluren.

Da mein Freund mich traurig sah, schloß er mich ungestüm, wie nur ein begeisterter Pole umarmen kann, in seine Arme.

»Bruderherz, Du weinst? Wer hat Dir was getan? Er soll mich kennenlernen! Der Elende soll meine Rache fühlen. Meinem Freunde zu nahezutreten, der mir das Leben wiedergegeben!«

Jetzt mußte ich lächeln: »Der ist schon vernichtet, von uns beiden. Von Dir und mir. Es ist derselbe, der Dir das Leben wiedergegeben. Bedanken hättest Du Dich bei ihm sollen, nicht bei mir.«

»Es ist der Sohn meiner Heimat, der mir das Heimweh brachte.«

»Aber zu dir – wenn nun wieder Rückfälle kommen?«

Mit strahlenden Augen, die er schelmisch klein machte, entschied mein seliger Freund: »Nun weiß ich selbst hinzufinden, Bruderherz! Es gibt ja hier noch mehr Gefangene bei unserem Freund Schlom, die alle befreit sein wollen. – Gefangene Sonnen.«

Ein fideler Abend

oder Grün-Berlin in der Verschwendung

Ein Kapriccio aus der Wirklichkeit, mit dichterischer Freiheit ausgestattet.

Heute war mal wieder das dauernde Versatzstück, die goldene Uhr, die in der Regel vierzig Mark trug, in ihres Eigentümers Händen. So gab er sie mir, da ich solche Gänge aus alter Gewohnheit am wenigsten scheute, sie zu verpfänden. »Vierzig Mark hat's das vorige Mal gegeben. Kannst sie aber auch für dreißig lassen!«

Glücklicherweise gab's vierzig.

So zogen wir denn, Stacho-Stanislaus Prczybiczewski, den man meist als den deutsch-polnischen Sataniker auffaßt, seine norwegische Gemahlin Dagno, meist nach Stachos Kosewort von uns allen »Ducha« – Seele – genannt, Richard Dehmel, der Kunstschriftsteller Willy Pastor und Paul Scheerbart, den wir erst eben zum geölten König von Polen gewählt hatten, von Stachos Bude, wo wir durch einige Dutzend Flaschen Bier und Aufschnitt seine Monatsrechnung vermehrt und den Zigarettenvorrat entsprechend vermindert hatten, die paar Schritte vom Zirkus-Renz-Platz bis zum neuen Theater-Restaurant.

Hier entschieden wir uns nach eingehender Beratung für eine Platte Roastbeef und Burgunder. Das Übrigbleibende stand ad libitum: nur ward Vorsicht empfohlen, es seien nur einige Mark. Da zog denn der eine auf des Burgunders schwere Glut ein Löwenbräu vor, ein zweiter wählte Zigaretten, der dritte Aquavit. Später mußte man bei jedem einzelnen Wunsche fragen. Zögernd ward die letzte Einwilligung gegeben. Dann wurden die, welche noch etwas hatten, ersucht, ihre Reste den privilegierten Alkoholisten, in diesem Falle Scheerbart und Stacho, abzutreten. Denn wir »Ekotralapse«, wie der phantastische Wortfinder Scheerbart unsere freie alkoholische Vereinigung getauft hatte, ehrten jede Eigenart und sahen im Delirium tremens etwas Heiliges.

Übrigens berauschten wir uns mehr an den Worten als in Getränken. Und also geschah es.

Ja, die vierzig Mark waren menschlicher Berechnung nach dem Ende nahe. Und um zu dieser traurigen Gewißheit zu gelangen, sollte ich, als der Unscheinbarste der ganzen Gesellschaft, des größeren Effekts wegen, den Ober rufen und die in meinem Besitz gelassenen beiden Goldstücke entrichten.

Aber erst mußte Chopin nochmal Stacho spielen. Das heißt: die Noten von Chopin gaben Stacho nur die Unterlage zur Äußerung seiner besonderen Gemütsverfassung ab. Den Stramin, die Stickerei besorgte er selbst.

Dann tanzten Ducha und Dehmel, Ducha und Pastor, während Stacho spielte.

Nun setzte sich Pastor, fing die Meistersingerouvertüre an und ging dann in einen Cancan über. Stacho, der seiner Ducha, auf dem Bauche liegend, gerade die Füße geküßt hatte, erhob sich, verbeugte sich, und sie legte sich in seine Arme. Und wie sie ihn tanzten, diesen spöttischen Champagner der Ausgelassenheit, diesen ironischen, zynischen, boshaft vergötternden, entartet anmutigen Tanz.

Wie ein Gigerlfaun duckte er sich und griff nach der entziehenden Nymphe und hüpfte so, die eigene Bewegung verhöhnend, auf seinen weltmännisch behenden, gleichsam meckernden Beinen.

Das war der ganze Stacho, seine ekstatische, polnische Hingebung, das heisere Krächzen seines französischen Witzes, er war eine Salome dekadenten Geistes, seine eigene Verkörperung.

Man setzte sich wieder.

Eigentlich war man noch zu frisch.

Aber pumpen?

Freilich, wenn man gezahlt hat, bekommt man frischen Kredit. Doch man war zum erstenmal hier.

Stacho ward fromm: »Der katholische Glaube gewährt der Seele so eine Beruhigung. Ich möchte so gerne beichten.

Aber die Priester sind so dumm!

Wenn man einen träfe, der uns verstände.«,

Dann lehnte er sein Haupt sanft an Duchas Busen und sang leise: »Moja Duchana!«

Diese brachte ihn auf den Gedanken: »Deutsche Sprack, sehr häßliche Sprack!«

»Warum schreibst du denn nicht polnisch?«

»Weil der Pole zu ungebildet ist: er liest nicht. Er ist wie ein Tier, ein gefährliches Tier, in der Hand seiner Priester.«

»Ja, die deutschen Bücher gehen doch auch nicht so besonders.«

»Deutsche Bücher? Gibt's denn das? Kennst du ein deutsches Buch? Es gibt nur norwegische und polnische Bücher. Ich kenne nur ein deutsches Buch, und das ist die Geschichte der deutschen Mystik von Josef von Görres.«

»Aber Goethe?«

»Goethe?« Stacho kicherte. »Euer Goethe, Euer Kanzleirat. Wo ist denn da das Differenzierte?«

Ja, das fand ich für den Augenblick auch nicht, wohl aber, daß ich schon wieder Appetit bekam.

Eine schreckliche Entdeckung – vierzig Mark und noch nicht einmal satt.

Und Scheerbart schrie und wimmerte wie ein kleines Kind: »Ich will Alkohol haben!«

»Aber Scheerbart, so sei doch vernünftig; es ist doch kein Geld mehr da!«

»Ich will aber Alkohol haben!«

Es ist schon halb vier – der Wirt will zumachen. »Und was wird der Bär sagen, wenn du wieder nicht nach Hause kommst?«

»Der Bär? Was geht mich der Bär an? Ich schreibe ihm einen Zettel, daß ich ihn bezahlen werde, sowie ich Geld habe, daß ich ihm mein Paradies der Zukunft verpfände und mein Ehrenwort, Mann – mein Ehrenwort – und ziehe aus.«

»Nun, da dürfte er wohl nicht viel darauf geben!«

»Mein Ehrenwort wagt er anzutasten, der Mensch«, und wütend drang er auf Pastor ein.

Dabei war ihm ein Blatt Papier aus der Tasche gefallen. Pastor hob's auf, drängte Scheerbart ruhig mit der Hand zurück und las.

Dann gab er's Dehmel: »Lies vor!«

Wir hörten Dehmel am liebsten vorlesen: Dramen, Novellen, eigene Gedichte, Balladen und Sonette von Strachwitz – es war so eine dämmerschlummernde deutsche Innigkeit in seiner Stimme.

Von Dehmel vorgelesen zu werden, war unser höchster Ehrgeiz.

Dehmel las.

Als er geschlossen:

> »Mit Menschen zu trinken ist der reine Kohl,
> Nur das Kamel versteht den Alkohol«,

fiel Stacho Scheerbart, der sich taumelnd, mit geschlossenen Augen, erschöpft vom Ausbruch seiner Heftigkeit am Tische hielt, um den Hals und klopfte ihm leise oben auf den Rücken:

»Idiotisch, Bruder, idiotisch!«

Differenziert war Prädikat gut, idiotisch aber Ia.

Ein solches Lob brachte einen warmen, freundlichen Funken in Scheerbarts entseelte Augen. So begeistert wollte man noch nicht auseinandergehen. Dehmel in Mantel und Pelzmütze der Stattlichste, sollte es versuchen. Aber da im Nebenzimmer schon die Tische mit den Stühlen bestellt wurden, ward man wieder abgeschreckt. Und nun konnte ich den Ober rufen.

»Kellner, zahlen! Wir hatten? ...«

»Gut, die drei Mark sind für Sie!«

»Bedanke mich verbindlichst! Guten Abend, die Herren!«

»Mensch, du hast dich selbst übertroffen. Haltung, Ton, unnachahmlich. Ein Fürst kann's nicht besser tun.«

Und wir gingen.

Draußen war's schon grau.

Ich nach dem Tiergarten, um dort noch einen Gang zu machen. Morgen wollte ich nach Tegel zu Bierbaum und ihm meine Beiträge für den »Pan« bringen.

Ich hatte eigentlich jemanden um eine Mark anpumpen wollen. Nun aber hatten wir alles vertrunken.

Aber gut gespeist, gut getrunken.

Das hält vor.

Und hell wird es auch schon.

Enthüllung

Auch ein Ausblick auf das Jahr 1900

(1895)

Lebhafter Blutlauf in den Adern der märkischen Kleinstadt Berlin, jenem unorganisch geschichteten Haufen von Ansammlungen, der mir stets wankend vorkommt wie eine ohne physikalische Kunde übertürmte Säule von Büchern: Unten Liliputbibliothek und oben drauf Konversationslexikon.

Über alles hin aber ist der vielleicht etwas lügnerische und trügerische allerneuste Zuckerguß der Allerweltsliteratur gebreitet, der bewunderungsvolle Anhänglichkeit bietet, ehrende Aufnahme bereitet einem Ibsen, Strindberg, Hansen, Hamsun – wie arabisch! – Garborg.

Die selbst Gäste sind, haben wieder Gäste! Wenn das nicht den Eindruck des Gezüchteten macht, dieses Treibhaus des Geistes. Berlin ist künstlich Geistesmetropole, ergibt sich nicht natürlich als solche. Weder nach seiner Artung noch zufolge dem deutschen Wesen, das gern in der Heimat weilt oder ad libitum geht. Das parvenumäßige Einwandern schriftstellerischer Aufstreber greift in der Regel daneben; persönliche Auslebung leidet in der Großstadtschablone und gesellschaftlichen Nichtigkeiten Einbuße. Wir sind nicht Paris, Berlin ist keine Spinne, die alle Fliegen an sich zieht in die Maschen ihrer Straßen.

Nein, alles da spricht nicht, Tingeltangel, Orpheum, Architektenvereine, alles das sagt nichts.

Auch die Versuchsbühnen sprechen nicht, höchstens die Sozialdemokratie, welche in ihren Erholungen mindestens den Zukunftsstaat bereits vorwegnimmt.

Lebhafter schon äußern sich die verkrachten Theater, solche Spekulation leisten nur Weltstädte sich, und das Selbstbewußtsein der Zentrale, die Kultur- und Zivilisationsaufgabe der billigen Presse, der journalistischen goldenen Hundertzehn, prägt sich aus in den Abend- und Morgenzeitungen, die auch in die fernsten Winkel des weiteren Vaterlandes dringen, lokale Philisterhaftigkeit herablassend beiseite schieben und dafür einführen die elektrisierenden Offenbarungen der Hauptstadt. Ja, da weht schon Großstadtluft! Aber in den Ausstellungen und Festen, da vor allem pocht der Großstadtpuls, der fiebererregte, Aufregung gewohnte. Und – zur großen Sylvesternacht des neuen Jahrhunderts – ein ganz besonders, einzig aufgespartes Fest muß es sein, daß die Provinz ganze Völkerwanderungen an die vermittelnde Treppe des Bahnhofs Friedrichstraße abgibt, daß Antisemitenradau nicht die Leipziger Straße durchheult und zahlreiche blanke Zylinder unangefochten ihres Weges ziehn zum großen Stern; junge Dichterzylinder, die vom ersten Honorar sprechen, und alte Geheimratsangströhren. Aller Wagenverkehr ist wegen des Gedränges polizeilich verboten, und Fahnen verdunkeln den elektrischen Tag, sie strecken sich einander zu und unterhalten sich vom Fest. Gerade, starr, wie in Parade feierlich; vor den Häusern wie Posten, umgefallene, liegen die Schatten vor den Häusern. Alle Glocken klingen, aber keiner hört sie. An langen Stielen und Stauden blühen die Kronen prachtvoller Feuerwerke, und das Licht der Intelligenz schlägt Rad. Beruhigend blitzen zu Tausenden Helme und daneben ein Pflaster, ein mehr den Fuß lockerndes Pflaster von Zylindern.

Der Zylinder, spiegelhell vor Gesinnung, ist der Helm des Zivilisten.

Lautlose Erwartung!

Das Herz setzt aus, endlich fällt die Hülle.

Ein Denkmal mehr! Das könnte doch kaum in Erstaunen setzen. Treu seinen neuesten Traditionen hat Berlin nach seinem ernsten, harten, preußisch-statuaren Anfang allen Verkannten und Verwiesenen Denkmale gesetzt. Ganz zuletzt noch hat es den armen Heine liebreich aufgenommen in verklärenden Stein, nachdem seine Vaterstadt mit seiner entrüsteten zum zweitenmale Zurückweisung sich nun endgültig blamiert hatte.

Und nun – da steht der Geist des Preußentums, der mit wuchtiger Hand einen Drachen arretiert, der vieldeutig wie Musik eben alles Demagogische bedeuten kann. Ehrsüchtig küßt das Licht die Spitze der Hülle seines Hauptes, das hoch und himmelanweisend ragt wie die Spitze eines Kirchturms. Der Dorn der Pickelhaube ist der Kirchturm des Staates und der Helm der Gegenwart Tempel.

Und da steht er, der Gendarm.

Der gute Herr

Wohltun macht Freude. Besonders um die liebe Weihnachtszeit. Das muß wohl auch dem Vorstandsmitglied für Volksnot einleuchten. Eigentlich heißt es: »Verein für Linderung der Volksnot in seelischer und leiblicher Hinsicht«. Doch je kürzer, desto besser. Nicht eine äußere Anregung kann es sein, die seinem gutmütig behäbigen Antlitz seinen warmen Schein verleiht, daß es so recht von innen heraus erglüht, angestrahlt von der Güte seines Herzens. Und dieses sein strahlendes Antlitz wendet er nun, sonnig verweilend, seinem Diener, seinem Johann zu.

Es ist ja heiliger Abend!

Johann verschwimmt in Weihe und erstarrt in lauernder Erwartung. Das Mitglied hat nach einer goldperückigen Champagnerflasche gelangt und den Korkheber aufgesteckt. »Ein Glas Champagner!« dachte Johann, »zwar etwas wenig, aber man kann's annehmen.« Nun wandte das Mitglied die Sonne seiner Gnade wieder ganz dem Johann zu. »Hier, den Korken kannst Du ablecken. Du bist doch eine treue, ehrliche Seele. Du hast es redlich verdient!«

Wer mag wohl der Johann sein?

O was war das für ein Jammer

O was war das für ein Jammer! Gar nicht zu sagen, nicht zu beschreiben. Und noch immer kann ich mich an den Gedanken nicht gewöhnen.

Ja sie ist tot. Nirgends erblickt man sie mehr. Wie kann man ohne sie denn nur leben!

Ohne die Tugend!

Wo man so ganz frech, so ganz nichtswürdig das Leben liebt. Keine Rute mehr, kein sauberes Gesicht und nicht mal ein einziger Paragraph ist übrig geblieben, die Welt zu regieren. Und die Welt besteht immer noch.

Ja damals –

> Ein Schluchzen erscholl, ein Schluchzen so laut,
> Daß allen es tief in der Seele graut,
> Als hätte der Frühling verloren die Braut ...
> Von seinen Tränen ihr Busen betaut
> Und weihevoll langsam klagen die Glocken,
> Das Land liegt still wie zu Tode erschrocken,
> Wer kann es sein, der hier verschieden,
> Wer ging hier ein zum ewigen Frieden?

> Und komisch das Gefolge!
> Da nahet die Bahre –

Alle Strickstrümpfe der Welt klappern, alle mageren, fadenumschlungenen Zeigefinger der Welt zeigen kläglich arbeitend auf die Leiche, alle mageren Handrücken der Welt wackeln, und alle mürrischen schieferblauen Weenen der Welt nattern darüber hinweg.

Alles Schweigen heute – kein Schnattern. Und alle die mageren Gesichter, von denen die Wangen herabgesunken sind, so lang, so lang, haben tiefgeätzte Rinnsale und all die tiefgeätzten Rinnsale führen Salzflut der Seele, und alle die Brillen sind wie Glaskuppeln über einer Heilquelle.

Von Zeit zu Zeit brechen große Tränen aus, die Wasser der Seele fluten über und erschüttern die nun stärker, wie Mühlräder klappernden Stricknadeln; große Tropfen auf den Brillen verglasen für Augenblicke

Landschaft und Leiche. Und stärker knistern die Immortellenkränze in ihren Armen, die sich so feierlich abheben von den schwarzen Gewändern.

Noch immer nimmt der Zug kein Ende.

Hat denn die Welt so viel Gouvernanten, so viel alte Jungfern? So viel gestreifte und geblümte, so viel blaue und schwarze Gewänder? So viel kneifende Heiligenscheine von Hauben über so viel eisgrau strengen, scharf geteilten Scheiteln?

Wie ergreifend!

Hoffen wir, daß Freund Hein auch ihrer sich erbarmt, nun, da sie ihr Palladium, ihren Halt verloren. Denn es ist die Tugend, die sie jetzt zu Grabe tragen.

Es ist das Beste für sie, nun, nachdem dieser Schlag sie getroffen. Der Zug ist fort. Nun regt es sich. Ein Seufzen, wie Knospen seufzen, die aufspringen.

Und junge Brüste heben sich vor schwellendem Leben, das mehr und mehr die zartrunden Wangen ins Erwachen rötet. Die Lerche wirft ihre Mütze in die Luft.

Und nun sind auf einmal zwei Sterne da, so tief erstaunt, so goldig braun!

Kinder und Erwachsene

Es ist ein Unfug, die Kinder zu erziehen, will sagen, ihnen zu befehlen, dafür aber den Erwachsenen zu gehorchen.

Es ist schon deshalb ein Unfug, weil die Kindheit Stil hat und eine freimütige Vornehmheit, die man wohl zerstören, aber durch nichts ersetzen kann.

Gebt den Kindern keine Vorschriften und reicht ihnen dafür alles in ihr Wachstum hinein, was sie bedürfen, und ihr könnt alle pädagogischen Bibliotheken des Erdballs ruhig in den Ofen stecken.

Und lernt von ihnen!

Oder meint ihr, Christus hätte nicht so viel Einsicht gehabt als alle Sirache des Alten und des Neuen Testaments zusammengenommen, da er sich äußerte: »Wahrlich, ich sage euch, es sei denn, daß ihr euch umkehrt und werdet wie die Kinder, so werdet ihr nicht in das Himmelreich kommen.«

Was gebt ihr denen Laufstühle, die nichts lieber tun als laufen und springen, und gebt ihnen Bücher mit Quadraten, daß sie dessen Ecken verbinden und teilen und mit zitternder Hand Kreise tasten?

Gebt ihnen Tafel und Griffel oder noch besser ein Buch mit weißen Blättern und einen Bleistift und sagt ihnen: »So, nun zeichnet mal diese Stunde, was jeder am liebsten will.«

Und kommt euch auch ein Schmunzeln an, wenn ihr nachher durch die Reihen geht und die Bücher einfordert, so ist das weithin nicht schlimm. Ihr merkt, ihr kommt den verschlossenen kleinen Geistern, die ihre eigene Welt haben und sie sorglich hüten, auf daß ihr sie nicht zertretet mit plumpem Fuß, und sie Spiel nennen, ihr kommt ihnen merklich näher und damit einen Schritt weiter in der großen Geschwisterschaft der Dinge, die der Mensch nun mal zu lernen hat.

Und gebt als Belohnung für besonderen Lerneifer in einer Woche mal eine Schachtel bunter Kreide, und ihr sollt die Freude sehn.

Und auch ihr werdet eure Freude haben. Wird dann so ein Kind entlassen mit 14 Jahren, und ihr gebt sie hinaus, die sorgsam aufbewahrten Hefte, da hat's was zu schleppen; es ist aber auch was daran: der ganze anschauliche Aufbau seines Lebens, ein Piedestal der Persönlichkeit.

Und so in allem!

Nun zu den Großen, wie Kindermund – wohl unbewußt ironisch – die Erwachsenen nennt.

Ach, du lieber Gott!

Wie davor alles zittert!

Zuvörderst natürlich die Kinder.

Doch die sind besser daran. Mit der ihnen eigenen Schlauheit wissen sie lästige Vorschriften zu umgehn oder in den Wind zu schlagen.

Anders die öffentliche Meinung: Presse, Buchhandel, Bühne. Die Presse: vor Königsthronen wahrt sie ihre Würde und weiß sich nicht genug zu berühmen als Weltmacht erster Größe.

Und duckt sich scheu und betreten vor dem Machtspruch jedes Spießers. Der Spießer kann auch so irgendein Titeltier sein. –

Darum

Es gibt einen Tag, da fragt man sich: »Was haben die Bäume wohl?«

Es ist ganz ruhig. Sommerlich liegt die Flur, noch dicht sind die Wipfel. Da muß ein Gespenst durch die Natur gehen. Nach allen Seiten beugen die Bäume sich. Gewinsel, fast der Schrei einer menschlichen Angst.

Nun bewegen sie sich auch länger eintönig fort – wie die Juden in der Synagoge. Dann kommt der Herbst noch lange nicht. Ein Tag wie der andere: sie spinnen sich hin in der Korpulenz der langsamen Abschräge, des während der Gewohnheit sich verlierenden Lebens.

Noch lange kann alles unverändert bleiben. Tag für Tag wandelt behaglich über die Fluren wie ein Eigentümer über sein Grundstück.

Aber die Natur wird nicht mehr froh. Sie leidet, leidet seit diesem Tage. Ihr widerfährt noch nichts. Alle Blätter sind noch grün. Sie lärmt nicht.

Ich besuchte einen Freund. Er war aus auf seinen Kalkwerken. Ich konnte mir denken, wie er dort umherging: von der roten schwitzenden Stirn schob er die graue Mütze zurück, um sich geschäftig zu krauen, wie man das gewöhnlich tut, über der linken Schläfe.

Er dachte dann lange, sah sich um, sprach ein wenig und ging dann weiter mit steifen, unten ausschlenkernden Schritten, die kleine Steine häufig aus dem Weg schleuderten.

Lauchartig riechende Gase mit dem graudurchsichtigen Rauche, gleich den gesprenkelten, gleichsam plattgeschlagenen Flaschen, welche die Jäger so gern haben, stiegen aus den weißglühenden Kalkmassen.

Wie schwere Lastknechte, die Hand auf dem Gurt, standen die braunen Güterwagen auf dem Zweiggeleise und ließen sich beladen. So empfing mich denn seine Frau. Müde, feierlich und fremd ruhte das Dorf. Denn hier war das Gut, und davon ist ein Dorf getrennt wie ein anderer Stand. Der Stand eines anderen Lebens. Einige Tauben flogen vom Dorfe ab und setzten sich blendend auf die sanft eingewölbten Scheunendächer. Sie fühlten sich hier mehr in ihrem Elemente.

Friedlich träge stand noch das Kaffeegeschirr. Um mich hatte ich die Kinder, die sich schnell mit mir befreundet hatten; eins hatte meine rechte Hand gefaßt, das andere die linke und ein drittes saß auf der

Fußbank vor mir. Es hieß auch Maria. Ich aber war nichts weniger als ein Christus.

So ein hohler, blauer, fester, gleichsam gebauter Tag, wie der Sommerherbst sie hat.

Er scheint so leicht einzuschlagen; die Gewitter tun das auch, schlagen ihn ein.

Alles erscheint so nahe, so derb heran, aber auch dem Bruch so nahe.

Über die grünen Formen des Gartens ging das schwarze Gesteck einer Eisenbahnbrücke. Dahinter kletterte eilig dünnkittliger Buchenwald hinan. Wir sprachen ganz heiter, langsam, lebenbeschauend.

Da, ohne Anlaß, mit einemmale ihr Gesicht ganz bestürzt von Tränen. Wo sie hergekommen waren, wußte man nicht. Dann war es auch vorbei. Sie hatte nicht einmal geschluchzt. War wohl selbst bestürzt davon. So sehr hatte sie ein tiefer Grund, der Grund der Vergänglichkeit, das Leid der Welt geregt.

Bestürzt sahen die Kinder auf. Ich aber fragte nicht. Dem Reisenden sieht der Tod ins Gesicht. Ihr Mann hatte wohl nichts davon gespürt. Auch ich habe bis nun kein Zeichen weiter vernommen.

Null und Ziffer

Es war einmal ein Staat. Der bestand aus lauter Nullen. Lauter gesunden, runden, fetten Nullen. Nichts ging ihnen ab und doch fehlte ihnen etwas.

Das sagte ihnen eine dumpfe Empfindung. Genauere Rechenschaft aber vermochten sie sich nicht zu geben über ihren Zustand. Preise über Preise hatten sie ausschreiben lassen und Berge von Gold dem versprochen, der ihnen Rat und Aufklärung verschaffte.

Umsonst!

Da beriefen sie eine Volksversammlung.

Möglich, daß die Gesamtheit fände, was dem einzelnen versagt blieb.

Lange blieb das Gerüst leer. Endlich hüpfte eine Null wie eine Seifenblase die Treppe der Rednerbühne herauf.

Hupp, hupp, hupp, da war sie!

Nur Stelzfüße wissen so behend zu sein.

Und sie begann mit weithin vernehmbarer Stimme. Denn was eine Null spricht, das hört man.

Und der ganze Markt setzte sich gegen sie in Bewegung, so daß viele der angesehensten Nullen ins Gedränge gerieten, darin umkamen und elend, elend zerplatzten.

Die Null aber ließ sich das weiter nicht anfechten und wiederholte: »Mitnullen!

Ich bin ein Laie, ein ganz gewöhnlicher dummer Laie.«

Zustimmendes Gemurmel.

»Aber gerade die Laien haben mannigmal die besten Gedanken. Ich weiß, was uns fehlt.«

Hier machte der Redner eine längere Kunstpause, um das Summen der Erwartung desto vergnüglicher in sich zu ziehen.

Nun fuhr er fort:

»Unser sind bei sechzig Millionen. Aber wenn wir uns auch ins Unendliche fortvermehren, so werden wir auf die Weise in alle Ewigkeit keine Zahl.

Eine Ziffer fehlt uns.

Ein König.«

Während er noch sprach, kam eine Ziffer zugereist, eine recht magere, heruntergekommene Eins. Der Kunde, denn es war ein solcher, stützte seinen Knotenstock unter den Berliner und sah sich das Völkchen an.

Kaum wurden sie seiner ansichtig, da bestürmten sie ihn und baten: »Bitte, bitte, sei so gut und werde unser König!«

Der Kunde zog aus seiner rechten Hosentasche ein Fläschchen mit trübgelber Flüssigkeit hervor, tat einen herzhaften Zug daraus, hämmerte den Korken mit der flachen Hand wieder fest und steckte die Flasche ein.

Dann wischte er sich den Mund und sprach: »Na, denn will ick mal nich so sind!«

Hierauf nahm er den recht schäbigen Filz vom Kopfe und ging in der Menge herum:

»Ein armer Handwerksbursche, der seit drei Tagen keinen warmen Löffelstiel im Leib gehabt hat, bittet um eine kleine Unterstützung.«

Das war die erste Steuer im Lande.

Die anderen Staaten in der Runde hörten von diesem Vorgange und verschrieben sich gleichfalls eine Ziffer.

Nun aber gab's auch Staaten, in denen Nullen und Ziffern bislang verträglich nebeneinander gewohnt hatten. Diese Ziffern bezeugten durchaus keine Lust an die Spitze zu treten, noch weniger sich unterzuordnen.

»Wir haben keine Ziffer über uns nötig, wir sind uns selbst genug.«

Da aber hieß es:

»Wenn Euch das nicht paßt, so schüttelt den Staub von Euren Füßen und macht Euch davon, denn wir wollen etwas in der Welt bedeuten, und das tun wir nur, wenn wir eine Ziffer an unserer Spitze haben – sei sie für sich allein auch noch so mager.«

Daran, daß es auch republikanische Ziffern, die Präsidenten heißen, gibt, dachten die Nullen nicht und blähten sich in ihrer Nichtigkeit noch mehr auf.

Ausgegrabenes

In grauen Zeiten, da Deutschland noch einig war und seine Gottesfurcht an einem Tag für die Woche aus unterschiedlichen Kirchen bezog, da soll an den romantischen Ufern des düsterschopfige Weidenköpfe der Fichten und spielhaarige Maienlocken schlanker Birken spiegelnden Schlachtensees ein gar stolzes Gebäude gestanden sein.

So eine Art modernes Babel. Sprachen wurden da viel gesprochen.

Aber der Haferbrei verstand den Schinken nicht. Und die ganze Sache ging daran zu Grunde, daß in dieser tragisch erhebenden Zeit der befreiende Held entblieb, der zuerst es gefunden, wie Tee mit Rum zu mischen.

An der Spitze dieser geheimnisvollen Priesterschaft standen zwei Männer. Hart in Wort und weich an Tat.

Der eine in seiner Jugend frühen Tagen ein schäumender Most; da ihn aber die Kelter des Zornes gekeltert, ward es ein gar feurig glühender Prophetenwein.

Der zweite aber war ein Priester, dem war das Tauwasser seines Gemüts vor der Kälte seines Geistes zu lauter Eisnadeln gefroren. Es jammerte sie aber des Volks und sie erbauten den Tempel der Menschheit. Und siehe, die Kinder der Welt kamen gezogen in Neugier und Verlangen und opferten ihre Gaben.

Und das edle Herz der Erde frohlockte laut.

Dann aber kam das Verhängnis.

Zwiespältig wie die Art des Menschen ist der Bericht.

Das Haus soll auseinandergelaufen sein wie seine Bewohner, und seine Stätte ward nicht mehr gefunden.

In einem Archiv der unfruchtbaren, nur von Steinbrüchen lebenden Insel Kaukasus will ein gelehrter Reisender eine Schrift entdeckt haben des Titels:

»Lock-Aal-A-Nzeig-Er«

Hierin stand ein Jubiläumsartikel, wie man in diesen unentwickelten Zeitläufen wohl eine Sache bezeichnete, die heute alles ist und morgen nichts.

Es lebte damals nämlich vor tausend Jahren ein nun längst verschollner, verdienter Vergessenheit anheimgefallner Dichter: Peter Hille.

Dieser soll nun, übernommen von dem einzigen Ereignis, von seiner Dachkammer, die er da droben mit der Gnade seiner Freunde bezogen hatte, unbemerkt in den festlichen Vorbereitungen zu den Tiefen des hohen Hauses hinabgestiegen sein, mitten unter die Geister erlesner Weine, die da des großen Tages harrten.

In seiner Seligkeit und der bangen Bedrängnis morgiger Wonnen vergaß er ganz des Krahns zu walten und es erhob sich eine mächtige, gold und rot gemengte Welle und hob den sanft entschlummernd zwischen die beiden Mutterfäßchen gesunkenen Dichter, um die er liebend auch im Schlummer noch die Arme geschlungen, in höhere Regionen. Und dieser Welle Ungestüm hob auch die Grundvesten der Hartburg und begrub all die Gäste in großem Falle.

Biographie

1854   *11. September:* Peter Hille wird in Erwitzen/Kreis Höxter geboren.

Der Sohn eines Lehrers besucht die Gymnasien in Warburg und Münster. Nach schulischem Scheitern und kurzem Aufenthalt in Höxter zieht Hille nach Leipzig, ist dort Gasthörer an der Universität und Mitarbeiter einer Verlagsredaktion.

1882–1884 Er lebt in den Niederlanden. Die Gründung einer Theatergruppe mißlingt, und völlig verarmt kehrt Hille nach Deutschland zurück.

1891   Hille lebt bei seinem Bruder in Hamm.

1895   Wohnungswechsel: Hille lebt in Berlin. Er wechselt häufig seine Bleibe, schläft des öfteren im Freien und seinen Freunden gilt er zeitweilig als verschollen. Schließlich findet er im Haus der »Neuen Gemeinschaft« der Brüder Hart einen ständigen Wohnort.

1896   Hille publiziert zahlreiche Gedichte, Prosaskizzen, Essays und vor allem Aphorismen in Zeitschriften unterschiedlichsten Rangs. Seine Erziehungstragödie »Des Platonikers Sohn« findet kaum Beachtung.

1902–1903 *Winter:* Hille gründet mit Hilfe seiner Freunde Else Lasker-Schüler und Erich Mühsam, Dehmel und Bierbaum sein »Cabaret zum Peter Hille«

1904   *7. Mai:* Hille stirbt in Berlin-Großlichterfelde; seine Grabstätte befindet sich in Berlin-Mariendorf, St.-Matthias-Friedhof (Ehrengrab).

Erzählungen der Frühromantik

1799 schreibt Novalis seinen Heinrich von Ofterdingen und schafft mit der blauen Blume, nach der der Jüngling sich sehnt, das Symbol einer der wirkungsmächtigsten Epochen unseres Kulturkreises. Ricarda Huch wird dazu viel später bemerken: »Die blaue Blume ist aber das, was jeder sucht, ohne es selbst zu wissen, nenne man es nun Gott, Ewigkeit oder Liebe.«

Tieck Peter Lebrecht **Günderrode** Geschichte eines Braminen **Novalis** Heinrich von Ofterdingen **Schlegel** Lucinde **Jean Paul** Des Luftschiffers Giannozzo Seebuch **Novalis** Die Lehrlinge zu Sais
ISBN 978-3-8430-1878-4, 416 Seiten, 29,80 €

Erzählungen der Hochromantik

Zwischen 1804 und 1815 ist Heidelberg das intellektuelle Zentrum einer Bewegung, die sich von dort aus in der Welt verbreitet. Individuelles Erleben von Idylle und Harmonie, die Innerlichkeit der Seele sind die zentralen Themen der Hochromantik als Gegenbewegung zur von der Antike inspirierten Klassik und der vernunftgetriebenen Aufklärung.

Chamisso Adelberts Fabel **Jean Paul** Des Feldpredigers Schmelzle Reise nach Flätz **Brentano** Aus der Chronika eines fahrenden Schülers **Motte Fouqué** Undine **Arnim** Isabella von Ägypten **Chamisso** Peter Schlemihls wundersame Geschichte **Hoffmann** Der Sandmann **Hoffmann** Der goldne Topf
ISBN 978-3-8430-1879-1, 408 Seiten, 29,80 €

Erzählungen der Spätromantik

Im nach dem Wiener Kongress neugeordneten Europa entsteht seit 1815 große Literatur der Sehnsucht und der Melancholie. Die Schattenseiten der menschlichen Seele, Leidenschaft und die Hinwendung zum Religiösen sind die Themen der Spätromantik.

Brentano Die drei Nüsse **Brentano** Geschichte vom braven Kasperl und dem schönen Annerl **Hoffmann** Das steinerne Herz **Eichendorff** Das Marmorbild **Arnim** Die Majoratsherren **Hoffmann** Das Fräulein von Scuderi **Tieck** Die Gemälde **Hauff** Phantasien im Bremer Ratskeller **Hauff** Jud Süss **Eichendorff** Viel Lärmen um Nichts **Eichendorff** Die Glücksritter
ISBN 978-3-8430-1880-7, 440 Seiten, 29,80 €

Erzählungen aus dem Biedermeier

Biedermeier - das klingt in heutigen Ohren nach langweiligem Spießertum, nach geschmacklosen rosa Teetässchen in Wohnzimmern, die aussehen wie Puppenstuben und in denen es irgendwie nach »Omma« riecht.

Zu Recht. Aber nicht nur.

Biedermeier ist auch die Zeit einer zarten Literatur der Flucht ins Idyll, des Rückzuges ins private Glück und der Tugenden. Die Menschen im Europa nach Napoleon hatten die Nase voll von großen neuen Ideen, das aufstrebende Bürgertum forderte und entwickelte eine eigene Kunst und Kultur für sich, die unabhängig von feudaler Großmannssucht bestehen sollte.

Georg Büchner Lenz **Karl Gutzkow** Wally, die Zweiflerin **Annette von Droste-Hülshoff** Die Judenbuche **Friedrich Hebbel** Matteo **Jeremias Gotthelf** Elsi, die seltsame Magd **Georg Weerth** Fragment eines Romans **Franz Grillparzer** Der arme Spielmann **Eduard Mörike** Mozart auf der Reise nach Prag **Berthold Auerbach** Der Viereckig oder die amerikanische Kiste

ISBN 978-3-8430-1884-5, 444 Seiten, 29,80 €

Erzählungen aus dem Biedermeier II

Annette von Droste-Hülshoff Ledwina **Franz Grillparzer** Das Kloster bei Sendomir **Friedrich Hebbel** Schnock **Eduard Mörike** Der Schatz **Georg Weerth** Leben und Taten des berühmten Ritters Schnapphahnski **Jeremias Gotthelf** Das Erdbeerimareili **Berthold Auerbach** Lucifer

ISBN 978-3-8430-1885-2, 440 Seiten, 29,80 €

Erzählungen aus dem Biedermeier III

Eduard Mörike Lucie Gelmeroth **Annette von Droste-Hülshoff** Westfälische Schilderungen **Annette von Droste-Hülshoff** Bei uns zulande auf dem Lande **Berthold Auerbach** Brosi und Moni **Jeremias Gotthelf** Die schwarze Spinne **Friedrich Hebbel** Anna **Friedrich Hebbel** Die Kuh **Jeremias Gotthelf** Barthli der Korber **Berthold Auerbach** Barfüßele

ISBN 978-3-8430-1886-9, 452 Seiten, 29,80 €